나의 익스큐즈미 할머니

주경희 글 | 이진 그림

나의 익스큐즈미 할머니

너와숲

생각해 보면 어릴 때부터 그리스 신화를 흥미롭게 읽으며 그 속에 빠져들어 그들의 세상에서 함께 사는 상상에 재미가 붙어 있었어요. 그러면서 가장 닮고 싶거나, 이상적으로 보이는 신들을 좋아하고 또 마음속에 담으며, 책을 쓰기도 했는데요.

아마 어린이 친구들도 다들 기억할 거예요.
그리스 신화에 나오는 피그말리온 왕이요.
그는 자신이 조각한 여인상이 너무 아름다워 사랑에 빠지고 말잖아요.

그래서 마치 살아 있는 연인을 대하듯 조각에 치장을 하고 사랑을 표현했죠.

피그말리온의 지극한 사랑에 감동한 여신, 아프로디테는 여인상에 생명을 불어넣어 주었답니다.

마침내 피그말리온은 그 여인과 결혼하여 딸 파포스를 낳고 행복하게 살았다고 해요.

물론 기적과도 같은 이야기죠?

하지만 이처럼 사람의 능력은 누군가 '너는 잘할 수 있어.'라고 기대해 주는 것만으로도 현저히 좋아질 수 있답니다.

즉, 정성을 쏟으면 끝내 그것을 이룰 수 있다는 의미이죠.

결국 간절히 바라면 이루어진다는 것인데, 이것을 심리학에서는 피그말리온 효과라고 합니다.

사실 우리 어린이들, 공부하기가 얼마나 힘든가요?^^

그래서 항상 어깨가 무겁겠지만 이럴 때 자신에게 그리고 곁에 있는 친구를 향해 '괜찮아, 잘 될 거야~'라고 주문을 걸어 보는 겁니다.

그 짧은 주문은 지금까지 열심히 달려온 어제의 어린이들에게 전하는 감사의 선물이고, 또다시 달려야 할 내일의 어린이들에게 건네는 삶의 에너지가 될 테니까요~

지금~ 당장 주문을 걸어볼까요? 우리.

"괜찮아 잘될 거야~ 잘될 겁니다."

오늘 여러분께 드리는 이 책 속에도 꿈과 희망, 위로가 길가로 마중 나와 있습니다.

고귀하고 아름다운 이름, 어린이들이여,

자부심을 갖고 화이팅팅팅팅!!

주 경 희

차례

서문   4

1. 아주 특별한 하루!   9

2. 몬스터 게임   17

3. 익스큐즈 미, 할머니   34

4. 마법 속, 시간!   49

5. 소울 메이트   59

6. 역지사지(易地思之)   79

7. 여긴 게임 속 세상…   94

8. 텅스텐이 뭐야?   107

9. 게임과 공존하는 법   132

1

아주 특별한 하루!

"
비밀의 컴 하우스에 여러분을
초대합니다.
"

    비밀의 컴 하우스에 왔으니, 먼저 게임 이야기를 좀 풀어
놓을까 하는데… 들어보시렵니까? 물론 남들 다 아는 이야
기는 안 하렵니다. 대신 숨겨진 것들을 좀 쑤석쑤석 해 볼까
하는데…. 마음의 문을 열어야 보이는 곳 말이에요.

네? 뭐라고요? 내가 누군지 인사부터 하라고요? 아하 인사, 인사해야지요. 그러고 보니 우리 엄마는 조금 엄한 분으로 늘 이렇게 강조하세요.

"아들! 들어올 때, 나갈 때 꼭 인사를 하렴."

우리 익스큐즈 미 할머니도 말씀하셨어요.

"어디를 가든 인사 잘하는 사람이 되어야 한다."

그래서 말인데요. 제 이름은 김민준. 행복초등학교 3학년, 직업은 마법사. 물론 진짜 마법사는 아니고 몬스터 게임 속 캐릭터가 그렇다는 거예요. 제 입으로 말하긴 뭐하지만, 게임 속 난, 같은 반 친구인 배소율보다는 조금, 아주 약간 뒤지긴 해도 꽤 인정받는 편이지요. 컴퓨터 앞에 앉으면 금방 게임과 혼연일체가 되어 버리곤 하는 나는 거대한 몬스터도 꼼짝 못하게 할 파워를 갖췄고, 온갖 마법 스킬도 다 습득해 두었어요. 그래서 게임에 접속을 하기만 하면 같이 하자며 여기저기서 쪽지가 날아들곤 합니다. 사실 각종 게임이 늘어

나고, 게임을 좋아하는 아이들도 점점 많아지고 있지만 게임을 잘하는 법을 가르쳐 주는 곳은 아마도 없는 것 같지요? 있나? 그래서 처음에는 게임을 어떻게 해야 하는지, 기본을 알지 못해 당황하는 친구들도 많은데, 결국 신기록을 세우기 위해서는 스스로 그냥 열심히 노력해 보는 것밖에 방법이 없답니다.

그러니까 비밀의 컴 하우스의 초대장을 받은 그날은, 아침부터 햇살이 무척이나 분주한 날이었어요. 조금만 걸어도 땀이 송골송골 맺히고 기운이 금세 동이 날 정도였으니 말이에요. 그러나 학교로 향하는 내 발걸음은 마냥 가벼웠어요. 그도 그럴 것이 간밤에도 고레벨 몬스터를 사냥하고 희귀템인 요상한 빛깔의 마법 지팡이를 얻었거든요.

"서버 3-2, 김민준 입장!"

친구들에게 으스댈 생각에 저절로 어깨가 들썩이고 콧노래도 나왔어요. 마치 개선장군처럼 3학년 2반 교실로 들어섰지요. 그런데 내 예상과는 달리 교실에서는 심상치 않은 기운이 감돌고 있었어요. 곧이어 친구들에게 둘러싸여 있는 배소율에게로 시선이 갔지요…. 무슨 일이기에 그런가 싶어 어리둥절해 있는데, 단짝 친구인 정민이가 다가와 귀띔을 해 주었어요.

"간밤에 황금 드래곤을 사냥하고 보상으로 황금 드래곤의 비늘로 만든 방패도 획득했대. 그래서 다들 난리야 난리."

정민이에게 자초지종을 듣고 나니 저절로 헛웃음이 났어요. 요상한 빛깔의 마법 지팡이도 희귀템이긴 하지만 황금 드래곤의 비늘로 만든 방패에 비할 바는 못 되었기 때문이에요.

배소율은 그야말로 나와 게임 라이벌이었어요. 하지만 언제나 소율이가 한 걸음씩 앞서 나가곤 했지요. 아무리 밤을 세워 게임을 해도 도저히 소율이를 따라잡을 수 없었어요.

"야, 김민준, 너도 어제 한 건 했다며. 축하해."

또랑또랑한 눈동자로 또박또박 말하는 배소율이 이렇게

축하의 말을 건넸어요. 그러나 어딘가 비웃는 듯 느껴지는
건 어쩔 수 없는 사실이었지요. 자존심이 상했지만, 마땅히
반박할 거리를 떠올리지 못했어요. 갑자기 꾹꾹 참아 왔던
알 수 없는 억울한 감정들이 폭발하고 있는 듯, 나는 괜스레
심술쟁이가 되어 갔어요. 그때 정민이가 다가와 물었어요.

"김민준! 너 왜 그래?"
"그러게, 자꾸 화가 나네."

정민이는 날 이해할 수 없다는 눈으로 바라보았어요.

'아… 만약 내가 푸른 광석만 손에 넣을 수 있다면….'

푸른 광석은 게임 세계관 최고의 아이템이에요. 푸른 광석
만 있으면 어떤 희귀한 아이템도 만들어 낼 수 있거든요. 하
지만 지금까지 푸른 광석을 손에 넣은 유저는 아무도 없었
어요. 그런 푸른 광석을 손에 넣는다면 황금 드래곤의 비늘
로 만든 방패 따위가 대수겠어요. 상상만 해도 십 년 묵은 체
증이 쭉 내려가고 답답했던 가슴이 뻥 뚫릴 것 같았어요.

2

몬스터 게임

달력은 3월이건만 학교 운동장은 한여름을 미리 꺼내 놓은 듯, 태양이 곳곳을 헤집고 다녔어요. 햇볕이 너무 뜨겁게 내리쬐는 몹시 심한 더위였지요. 수업이 끝나고 집으로 돌아오는 길 역시 햇볕이 쨍쨍하고, 땀도 삐질삐질 났어요. 봄은 흔적도 없었고, 한여름처럼 태양 빛에 지글지글 피부가 타들어 가는 것 같았어요.

'무슨 일이 벌어질 것 같이 날씨가 왜 이러지?'
'내가 이렇게 짜증이 나는 게 날씨 탓인가?'

'그래. 이렇게 짜증을 낼 게 아니라 빨리 집에 가서 게임이나 하자.'

게임이라는 말에 난 침을 꼴깍 삼켰지요. 순간 이전의 기분과는 너무나 다르게 상쾌해지면서 발걸음이 빨라졌어요. 게임은 나에게 진짜 즐거운 선물이었어요. 일상생활에서는 접할 수 없는 판타지의 주인공이 되어 많은 것을 경험하게 했지요. 또 게임의 공략을 찾거나 퍼즐 요소를 풀어 나갈 때 탐색 욕구가 점점 커졌고, 재미를 느끼기에 충분했어요. 거기에다 누군가에게 인정을 받거나 존중을 받을 수 있으니 진정 꿀잼이었지요.

"학교 다녀왔습니다."

집으로 오자마자 책가방을 던져 놓고 후다닥 컴퓨터 앞에 앉았어요. 어떻게든 푸른 광석을 획득해서 배소율의 코를 납작하게 만들어 주고 싶었거든요.

"제발, 하나님, 단군 할아버지. 비나이다. 푸른 광석을 손

에 넣게 해 주세요. 그럼 정말 할머니도 잘 보살피고 엄마 말
씀도 잘 듣고 공부도 열심히 하겠습니다."

몬스터 게임은 VR 게임이었어요. 얼마나 게임이 실감이
나는지, VR 머신을 머리에 쓰면 진짜로 게임 속 세상에 있는
듯한 착각마저 들게 했지요. 드디어 로딩이 끝나고, 마치 공
주를 구하러 가는 기사가 비장한 마음으로 투구를 쓰듯 VR
머신을 머리에 쓰려는데, 그때 엄마의 목소리가 위대한 출정
식에 훼방을 놓았어요.

"김민준! 학교 갔다 왔으면 손부터 씻어야지!"
"아, 알았어요. 엄마."

나는 급한 마음에 화장실이 아닌 부엌 싱크대로 가서 대
충 손에 물만 묻혔지요.

"화장실로 가서 비누로 꼼꼼히 손 씻고 나와!"
"아, 됐어요. 괜찮아요. 아까 엘베에서 손 소독제도 발랐다
고요."

나는 거짓말을 하고 말았어요. 사실 엘리베이터에서부터 친구들과 게임방 이야기로 정신없었거든요. 손 소독제는 무슨…. 방으로 들어가려는데 엄마가 다시 한번 태클을 걸어왔어요.

"민준아. 몇 번을 이야기해야 하니? 집에 들어오면 할머니께 제일 먼저 인사드리라고 했지. 할머니 방에 가서 학교 다녀왔습니다~ 하고 어서 인사드려."

"됐어요. 인사는 해서 뭐해요. 어차피 할머니는 알아보지도 못할 텐데."

"버릇없이 이럴래? 할머니가 널 얼마나 예뻐하셨는데."

"아, 알았다고요."

나는 마지못해 할머니의 방으로 향했고, 방문을 두들겼지만 아무 대답도 없었어요. 방문을 열고 안으로 들어가도 할머니는 눈길도 주지 않고 옛날 사진을 들여다보고 있었어요.

"할머니. 저 왔어요."

"익스큐즈 미… 내 방에 온 손님은 누구시더라?"

"저예요. 할머니의 하나밖에 없는 손자 민준이. 어떻게 매일 보는 손자 얼굴도 못 알아봐요."

"손주라면 어린이집은 잘 다녀오셨나?"

"아이참. 할머니! 내가 무슨 어린이집이에요? 벌써 초등학교 3학년인걸요."

"…"

"근데 할머니 또 옛날 사진 보고 계신 거예요? 좀 보여 줘 봐요. 우리 할머니 얼마나 예뻤나 보게."

"안 돼. 안 돼. 부끄러워."

할머니는 마치 소녀와 같은 표정으로 오래된 가족사진 한 장을 품에 꼭 끌어안았어요.

"아 왜요? 좀 보여 줘요."

할머니는 고개를 절레절레 흔들며 아예 사진을 허리춤에 감추었어요. 그때 사진 속 귀여운 소녀의 사진이 눈에 들어왔어요. 할머니는 얼른 과자 봉지 하나를 내게 내밀었어요. 엄마가 할머니 드시라고 사 놓은 것이었지요.

"우리 익스큐즈 미 할머니! 이거 먹고 떨어지라고요?"

토라진 듯 돌아서려는데, 과자 봉지에 그려진 그림과 문구가 내 시선을 사로잡았어요.

'몬스터 게임, 대박 경품 찬스, 100프로 아이템 증정!'

몬스터 게임의 쿠폰을 준다니, 문득 이건 하늘이 내린 선물이 아닐까 하는 생각이 들었어요.

"할머니! 땡큐, 잘 먹을게요."

나는 할머니를 뒤로하고 내 방으로 들어왔어요. 화이트 침대와 하얀 한쪽 벽을 가득 채운 긴 책상, 그 위로 놓여 있는 컴퓨터는 라이브데빌닷컴의 한국지사에서 연구원으로 계시는 아빠가 선물로 사 주신, 그야말로 게임에 최적화된 컴퓨터였어요. 거기에다 설날 받은 세뱃돈이나 용돈을 모아 컴퓨터 그래픽 카드를 교체하고, 램 메모리를 키우고, 키보드와 마우스도 프로게이머용으로 업그레이드했지요. 그리고 무

엇보다도 내가 자랑하는 32인치 모니터! 다른 애들은 PC방에 가서 게임을 하지만, 나는 내 방에서도 PC방 컴퓨터 못지않은 게임 전용 컴을 갖추고 있었어요. PC방에서 게임을 하면 초등학생들은 밤 10시에 다 나와야 하지만, 난 그런 시간 제한 없이 마음대로 게임을 즐길 수 있었지요.

물론 집 안이라고 해도 큰 장애물이 없는 건 아니에요. 바로 엄마입니다. 엄크에 걸려서 게임에서 나가야 할 때도 많았고, 자주 꾸지람을 듣기도 했어요. 물론 엄마의 마음을 알고 있어요. 아무리 천사 같은 엄마라도 아들이 컴퓨터 앞에 앉아 몇 시간이고 게임과 혼연일체가 된다면 고운 마음씨를 접고 호랑이의 탈이라도 쓰고 싶어질 겁니다. 하지만 내 고집도 만만치 않았어요. 엄마가 잔소리를 하든 말든, 어떨 때는 방문을 꼭꼭 걸어 잠그고 게임을 할 때도 많았거든요. 나는 컴퓨터 앞에 앉았어요. 그리고 잔뜩 기대하며 과자 봉지를 열었어요.

'푸른 광석 나와라. 제발.'

그런데 봉지 속에서는 몬스터 게임 속에 나오는 캐릭터가 그려진 띠부씰 하나가 나왔어요. 그리고 그 뒷면에는 쿠폰 번호가 적혀 있었지요.

'이게 뭐야? 쿠폰 번호를 입력하면 아이템을 준다는 말이지?'

나는 게임 속 쿠폰을 입력하는 메뉴로 들어가 쿠폰 번호를 입력했지요. 그리고 엔터 버튼을 누르자, 알이 하나 나왔어요. 알을 깨자, 화려한 빛이 쏟아지며 무언가가 툭 튀어나왔습니다.

"제발, 푸른 광석 나와라."

그러나 알에서 나온 건, 기차 모양의 아이템이었어요. 그리고 설명란에 어디든지 가고 싶은 곳으로 이동할 수 있다는 문구가 적혀 있었지요.

'고작 이동 아이템이라니.'

나는 실망하며 삭제 버튼을 누를까 하다가, 그래도 혹시나 하는 마음에 사용하기 버튼을 클릭했어요. 그런데 이게 웬일입니까? 곧이어 승무원 차림을 한 엘프가 화면에 나타나지 뭐예요.

"가고 싶은 곳을 말해 봐."
"정말? 정말 어디든 말해도 될까?"

나는 별 기대 없이 비아냥대며 말했는데, 예상과 달리 엘프는 흔쾌히 고개를 끄덕였어요.

"물론이지."
"푸, 푸른 광석이 있는 곳으로 데려다줄 수도 있어?"
"그 정도는 식은 죽 먹기야."
"정말 푸른 광석이 있는 곳으로 날 데려다줄 수 있단 말이야?"
"같은 말을 몇 번이나 하게 만들어."
"대, 대박."

갑자기 가슴이 쿵쾅쿵쾅 뛰기 시작했어요. 떨리는 가슴을 겨우 진정시키고 목적지를 말하려는데, 그때 별안간 방문이 열렸어요. 화들짝 놀라 VR 머신을 벗었지요.

"교양 있는 어머님! 노크 좀 해 주시죠."

방문 앞에는 엄마가 이럴 줄 알았다는 표정으로 서 있었어요.

"김민준. 너 정말 계속 이럴래? 오자마자 또 게임이야?

다른 아이들처럼 나가서 뛰어놀던가 아니면 태권도를 배우던가… 넌 게임에만 매달리잖아."

"지금은 중요하게 해야 할 일이 있어서 그래요."

"중요한 일은 무슨. 진짜 넌 나중에 커서 뭐가 되려고 이러니?"

"사실 전… 이 다음에…."

"이 다음에 뭐?"

"아, 아니에요."

사실 난 원대한 꿈을 계획하고 있었어요. 초등학교를 졸업하고 중학생을 지나 고등학생이 되면 프로게이머가 돼서 월드 리그를 제패하고, 스물다섯 살까지 상금을 모아서 게임 회사를 차릴 생각이었지요. 그런 다음 블리자드 같은 전 세계를 호령하는 게임 회사의 사장이 되고 싶어요. 그러나 내 꿈을 알 리 없는 엄마는 늘 잔소리가 많았어요.

"민준아! 재발 학교에서 돌아오면 숙제부터 해. 알았어?"

엄마는 일부러 방문을 활짝 열고 나갔어요. 게임을 하지 말라는 메시지였지요.

'에휴, 이러고 있을 때가 아닌데.'

책상 앞에 앉았는데도 글씨가 제대로 눈에 들어오지 않았
어요. 내 마음은 이미 게임 속 세상으로 떠난 뒤였거든요.

3

익스큐즈 미,
할머니

거실에서는 청소기 작동 소리가 계속해서 들리더니 잠시 후 엄마가 내 방으로 들어왔어요.

"민준아! 나 장 보러 마트에 가야 하니까, 네가 할머니 좀 보살펴 드리렴…."

순간 얼굴을 찡그리며 짜증을 냈어요.

"할머니를 마트에 모시고 가면 안 돼요? 할머니는 내가 감

당이 안 된단 말이야."

"아니, 사람 많은 데 모시고 갔다가 잘못해서 손이라도 놓
치면 어떡하니? 집에 계시는 게 안전하지. 잔말 말고, 엄마
다녀올 동안 할머니 좀 네가 돌봐 드리는 거다?"

"우 씨⋯."

순간 나쁜 말을 했다는 생각에 나는 뒤를 돌아보았어요.
엄마가 들으셨다면 바로 등짝 스매싱을 맞을 언행이었지요.
엄만 늘 그러시거든요.

"언제 어디서나 예절! 그리고 예쁜 말!"

"민준아! 엄마 다녀올게."

엄마가 현관문을 나가는 순간, 난 금방 씨익하고 의미심장한 웃음을 지었어요.

'엄마가 나가시면… 그때는 내 맘대로 게임 해야지. 크크크.'

내 마음속 말을 듣기라도 한듯 엄마는 다시 말했어요.

"게임만 하지 말고. 숙제하고 할머니 잘 챙겨 드려. 알았지?"

"네네, 엄마!"

시장바구니를 든 엄마는 신신당부하며 집을 나섰어요. 아빠도 야근 때문에 늦는다고 메시지를 보내왔고요. 이제 집에는 할머니와 나뿐, 위대한 마법사의 앞길을 막을 사람은 아무도 없는 듯했습니다. 다시 VR 머신을 쓰고 엘프와 마주했어요. 엘프는 기다리기 지쳤다는 듯 하품을 해댔지요.

"난 그렇게 한가하지 않다고."
"아, 알았어. 까칠하긴. 내가 가고 싶은 곳은 말이지."

이번에는 진짜로 가고 싶은 곳을 말하려는데, 하필 그때 방문을 두들기는 소리가 났어요. 굳이 묻지 않아도 누군지 알 수 있었지요. 바로 우리 할머니에요.

"손잡이를 오른쪽으로 돌리지 말고 왼쪽으로 돌리세요. 왼쪽으로요."
"익스큐즈 미, 익스큐즈 미."
"아이참. 왼쪽으로 돌리면 된다고요."
"익스큐즈 미, 익스큐즈 미."
"그놈의 익스큐즈 미 좀 그만 외칠 수 없어요?"

짜증이 머리끝까지 치밀어 올랐어요. 한참을 꾸물대다가 결국 쓰고 있던 VR 머신을 벗고, 거실로 나왔습니다. 예상대로 할머니는 내 방문 앞에 쭈그리고 앉아 계셨어요. 그런 할머니를 부축해 화장실 앞까지 가 보란 듯이 화장실 문을 열었지요.

"봐요. 왼쪽으로 돌리면 열린다니까요. 도대체 몇 번이나 말해요. 진짜 이번이 마지막이에요."
"익스큐즈 미, 미… 미안!"
"할머니 제발 정신 좀 차리세요. 나 이제 게임 하러 가야 해요."

쥐어박듯 쏘아붙이는 나를 바라보며 할머니의 눈가에 이슬이 맺혔지만, 난 그땐 눈치채지 못했어요. 옷에 오줌이 다 새 버린 것도 그땐 정말 몰랐다니까요. 분명 할머니는 서러웠을 거예요. 서럽고 서러워서 속으로 많은 눈물을 흘리셨겠

지요. 어쩜 이를 악물고 속으로 엄청 우셨을지도 몰라요….
그런데 잠시 후. 진짜 소리 내어 울기 시작하시는 거예요.

"흑흑…"
"아니 할머니, 왜 우세요? 누가 때렸어요? 네? 왜 우시냐고요?"

나는 그때야 할머니가 입고 있는 바지가 축축이 젖어 있다는 것을 알아차렸습니다. 어느 때보다 할머니는 서러워 보였어요. 차라리 이 순간 정신이 돌아오지나 말지. 이를 악물고 눈을 부릅뜨며 애써 참던 눈물은 결국 할머니의 뺨을 타고 뚝뚝 떨어졌지요.

"하, 할머니."
"익스큐즈 미, 익스큐즈 미."
"에휴. 정말 내가 못 살아. 왜 이렇게 날 귀찮게 하세요? 할머니! 할머니!"

나는 할머니를 콕 쥐어박듯이 소리를 버럭 질렀어요. 사실

'미안합니다, 실례합니다.'라는 뜻의 익스큐즈 미가 별명이 되어 버린 우리 할머니의 직업은 아이들을 가르치는 초등학교 교사였답니다. 인정이 넘치고 사랑이 많으신 할머니는 동네 반장이나 마찬가지였어요. 오랜 경험을 통해 풍부한 지식과 노하우를 가지고 있는 할머니가 특히 애정을 쏟은 것은 동네 어린이들의 일이었고, 거기다 어디서나 싸움을 하는 사람을 만나면 다 화해시켰어요. 또 말썽쟁이 동네 청소년을 만나면 영락없이 할머니에게 꾸중을 들어야 했지요. 특히 누굴 만나던지 곱고 예쁜 목소리로 교양 있게 '익스큐즈 미.' 하고 이야기를 시작하곤 했어요. 그래서 교회나 동네 사람들에게 할머니는 익스큐즈 미 선생님으로 통했고, 그야말로 인성, 도덕성, 사회성이 최고였지요. 어디 그뿐인가요? 불과 얼마 전까지도 할머니는 날 보면 '우리 왕자님, 우리 왕자님' 하시면서 옛날이야기를 들려주거나 책을 읽어 주셨고, 무조건 내 편이 되어 주셨어요. 그러던 할머니가 71세일 때 직접 운전해서 친구를 만나고 돌아오시던 날, 거실에 있는 내 얼굴을 빤히 쳐다보시며 말씀하셨어요.

"익스큐즈 미, 여기가 어딘가요?"

"할머니! 여기가 어디라니요? 지금 농담하세요? 할머니와 민준이네 집이잖아요."

"아, 우리 민준이…."

분명 그날부터 시작되었던 것 같아요. 그렇게 똑똑했던 할머니는 점점 기억을 잃는 듯했고, 2년이 지난 지금은 아예 소변도 못 가리다니. 나는 걸레를 가져와서 바닥을 닦았어요. 얼굴이 찡그려졌지만, 하필 집에는 나뿐이라 어쩔 수 없었지요.

"앞으로는 미리미리 화장실에 가세요. 참지 말고요. 알았죠?"

멀뚱히 선 할머니는 눈이 마주치자 고개를 돌렸어요. 치매에 걸렸어도 부끄러운 마음이 드는 건 마찬가지인 모양이었습니다.

"화장실에 가서 씻고 계세요. 갈아입을 옷 챙겨 드릴게요."

할머니를 화장실로 들여보내고, 할머니 방으로 갔어요. 예전에 할머니 방에는 커다란 책장이 있었어요. 그리고 마치 도서관처럼 책장마다 책들이 빼곡히 꽂혀 있었지요. 하지만 지금 할머니 방에 있는 작은 책장에는 낡은 책 몇 권만이 꽂혀 있을 뿐이에요. 그래서 그런가, 할머니 방은 할머니와 마찬가지로 어딘가 쓸쓸해 보였습니다. 옷가지를 챙기며, 문득 조금 전 행동이 후회되었어요. 조금만 일찍 나와 봤어도 이런 일은 없었을 텐데…. 그런데 거실로 나와 보니 아뿔싸 할머니가 어디로 가셨는지 보이지 않았어요.

"할머니. 어디 계세요? 할머니!"

혹시라도 집 밖으로 나가셨으면 정말 큰일이 아닐 수 없었어요. 순간 치매에 걸린 노인이 실종되었다는 뉴스를 본 기억도 떠올랐지요.

"할머니! 할머니!"

놀라서 현관문을 막 나서려는데, 인기척이 들렸어요. 다름 아닌 컴퓨터가 있는 내 방에서요. 달려가 보니 할머니는 머리에 VR 머신을 쓴 채 두 팔을 허우적대고 있었어요.

"얘들아. 같이 놀자."

"하, 할머니. 여기서 뭐 하세요? 아니 그건 또 왜 쓰고 있는데요."

"아하, 우리 민준이 목소리네. 어디 있니? 우리 손주?"

"아, 할머니. 얼른 그거 벗어요. 그러다 망가지겠네."

"너도 이리 오렴. 함께 숨바꼭질하고 놀자."

"아이참, 할머니! 제발 좀 말 좀 들으세요. 왜 말을 못 알아들어요? 그만 하라고요."

"빨리 와. 너도 함께 놀자니까."

같이 놀자며 손을 잡아끄는 할머니 손을 뿌리치고, 할머니 머리에 씌어 있는 VR 머신을 억지로 벗기려 하는 순간이었어요. 안 벗으려고 우왕좌왕하며 난리를 피우던 할머니 머리와 내 머리가 강하게 충돌하는 사고가 일어나 우리는 그 자리에 쓰러졌지요. 얼마나 시간이 지났을까? 그런데, 이게 무슨 일입니까? 정말 믿을 수 없는 일이 벌어진 거예요….

'내 몸이 왜 이래? 내 몸이… 내가 아니잖아.'

정신을 차리고 서 있는 순간, 백오십만 배쯤 되는 당혹감.

"음… 어쩐다?"

아니, 아니 이게 말이 되냐고요. 초등학교 3학년인 나와
할머니의 영혼이 바뀐 게 말이에요. 그런데 내가 된 할머니
도 아주 말똥말똥한 눈빛으로 주위를 두리번거렸어요.

"세상에나. 할머니!"

할머니가 나를 보며 내 목소리와 똑같은 톤으로 나를 할
머니라고 부르는 거예요. 동화나 영화 속에서나 봤던 할머니
의 영혼이 내 몸 안에 들어오고, 나는 할머니 몸으로 들어간
거죠. 그런데 이상한 일은 또 일어나고 있었어요. 팔팔한 10
대 청소년이 된 할머니는 더욱 더 싱싱해져 있었고, 내 몸속
으로 들어 온 할머니 역시 정신 상태는 말짱하다는 거예요.
결코 치매 걸린 할머니가 아니었던 것이지요.

"너 옷 갈아입어라. 어서."

내 영혼이 들어간 할머니 손에 옷가지를 쥐어 준 다음, 우리는 우선 아무도 들어오지 못하게 방문을 꽁꽁 걸어 잠갔어요.

"할머니도 내 옆 의자에 앉아 계세요. 아무래도 이 모든 게 이 컴퓨터 때문일 거예요. 제가 어떻게든 해결해 볼게요."

내 모습을 한 할머니는 컴퓨터 앞에 얌전히 앉았고, 나 역시 컴퓨터 앞에 앉아 VR 머신을 머리에 썼지요. 그런데 이게 웬일입니까? 할머니와 내 눈앞에는 거짓말처럼 거대하고 환상적인 세계가 펼쳐졌어요. 그건 내가 상상하는 대로 새로운 세계였답니다.

"할머니! 할머니!"
"그래 그래, 나도 보여."

제일 먼저 파란 하늘이 보였고, 하늘 한가운데 뜬 태양이

눈부시게 내리쬐고 있었어요. 주위를 둘러보니, 사방은 나무
가 우거져 있었고 어디선가 아이들이 뛰노는 소리가 들려왔
어요.

4

마법 속, 시간!

산 너머로 산들이 첩첩이 쌓여 있고, 서로 닮은 앞산과 뒷산이 나란히 있었어요. 산이 지붕이고 지붕이 산이 되어 서로 얼싸안고 있는 것 같은 아름다운 곳이었지요. 마을이 내려다보이는 언덕 위 빈터에서는 NPC로 보이는 아이들이 저마다 모여 놀이를 하고 있었어요. 남자아이들이 솔방울을 나무 작대기로 치고 있었고, 여자아이들은 고무줄놀이를 하고 있었습니다. 평범한 일상과도 같은 풍경이었고, 그래서 더욱 낯설어야 할 곳이지만 이상하게 이곳이 금방 친근하게 느껴졌어요. 참으로 알 수가 없었어요. VR 머신을 머리에 쓴 지금은 할머니와 나의 영혼이 체인지된 것 같지도 않았고, 내가 흔히 보는 게임 속 드래곤이 불을 뿜고, 마법이 난무하는 그런 세상도 아니었어요. 여긴 그동안 내가 본 게임과는 정말 전혀 달랐어요. 그냥 나, 초등학교 3학년인 김민준의 모습으로 완전 딴 세상에 와 있는 것 같았어요.

'여긴 대체 어디지? 이런 곳에 푸른 광석이 있다는 건가?'

내가 넋을 놓고 보고 있는데, 솔방울 놀이를 하고 있는 아이들 중 얼굴이 새까맣고 삐쩍 마른 생김새의 아이가 알아채고 손짓을 했어요.

"야, 거기."
"나? 나 말이니?"
"그래. 여기 너 말고 또 누가 있어? 한 명이 부족한데, 얼른 껴."
"난 아무것도 할 줄 모르는데. 그리고 내가 이곳에 온 이유는…"
"모르는 게 어디 있어. 잔말 말고 어서."

아무래도 무조건 수행해야 하는 강제 미션인 듯했어요. 사실 게임 중간중간에 이런 미니 게임을 수행해야 하는 경우는 종종 있으니까 크게 이상한 일은 아니었지요. 아이들은 놀이의 이름을 장치기라고 했어요. 나무 작대기로 솔방울을 힘차게 쳐서 데굴데굴 상대방의 그물에 가 닿게 하면 이기는 것이었지요. 막상 해 보니 얼마나 재미있는지 금방 경기에 쏙 빠졌어요. 나뭇가지에 '딱' 하고 솔방울이 맞는 소리를 들으니 그동안의 스트레스가 다 풀리는 것 같았지요. 경기가 끝나자, 얼굴이 검은 아이는 다가와 엄지손가락을 치켜세워 주었어요.

"한 번도 안 해 봤다더니. 제법 하잖아."

"이 정도는 기본이지. 필드 하키랑 룰이 비슷하기도 하고."

"난 대식이라고 해. 김대식. 근데 너 처음 보는 얼굴 같은데."

"응. 내 이름은 김민준, 직업은 마법사야."

"마법사? 정말 마법을 부릴 수 있다고?"

"물론."

그때, 한쪽에서 놀고 있던 여자아이들이 비명을 질러 댔어요. 짓궂어 보이는 남자아이 하나가 여자아이들이 놀이를 하던 고무줄을 끊고 도망을 치고 있었지요. 난 마법을 선보일 좋은 기회 같았어요.

"잘 보라고. 저 녀석을 돼지로 만들어 줄 테니 말이야."

어깨를 으쓱대며 주문을 외웠어요. 그런데 무슨 오류라도 생긴 모양이에요. 원래는 팔을 뻗으면 손에서 이글이글 섬광이 일고 마법이 일어나야 하는데 아무 일도 일어나지 않았어요. 주문을 맞게 외웠는데도 말이지요.

"이상하네. 이럴 리가 없는데."
"별난 녀석이네. 암튼 담에 또 보자고."

대식이는 콧방귀를 끼며 가 버렸어요. 나름 게임 세계에서는 알아주는 마법사인데 NPC에게 무시나 당하고, 자존심이 적잖이 상했지요.

'왜 마법이 안 통하는 거지? 설마.'

조금 전까지 고무줄이 끊어졌다며 고래고래 소리를 질렀던 여자아이들은 아무 일도 없었다는 듯, 고무줄을 다시 이어 묶고 놀이를 계속했어요.

"금강산 찾아가자 일만이천봉, 볼수록 아름답고 신기하구나, 철따라 고운 옷 갈아입는 산 이름도 아름다워 금강이라네, 금강이라네."

노랫소리가 잦아들며 해도 저물어 갔어요. 아이들도 하나둘 집으로 돌아가기 시작했지요. 그리고 빈터에는 나 혼자만 남은 듯했어요.

'뭐 이런 게임이 다 있지?'

라고 생각하며 돌아서려는데, 나무 밑에 한 소녀가 앉아 있었어요. 어디서 많이 본 듯한 소녀는 책 속 세상에 빠져 있다가 해가 거의 다 저문 다음에야 부스스 자리를 털고 일어

낯어요. 소녀는 어둠 속에서도 빛이 날 정도로 초롱초롱한 눈망울과 하얀 피부를 갖고 있었지요.

"야! 야! 이봐."

불러 보았지만, 소녀는 못 들은 듯 빈터를 떠났어요. 그리고 어둠과 함께 정적도 찾아왔지요. 더 이상 게임을 할 의미가 없는 듯했어요. 내가 VR 머신을 벗자, 익숙한 내 방의 모습이 눈앞에 보였어요. 그리고 여전히 난 할머니가 되어 있었고. 할머니는 내가 되어 있었습니다.

'역시 이건 그냥 게임일 뿐이구나.'

그러나 게임이라고 하기에 너무 실감이 났어요. 장치기를 하느라 뛰어논 탓인지 이마에 땀도 송글송글 맺혀 있었고요. 무엇보다 소녀의 얼굴이 눈앞에 자꾸 아른거렸어요. 휴대폰을 보니 친구들로부터 부재중 전화가 여러 통 와 있었습니다. 그러나 여전히 내 안에는 할머니가 들어와 있었고. 내가 된 할머니는 침대에서 잠들어 있었어요. 친구들에게 이런 경험을 이야기하면 과연 믿어 줄까? 글쎄, 고개가 갸우뚱거려졌어요.

'엄마는 내 말을 믿을까?'

그날 밤, 할머니와 나는 내 방 침대에 함께 있었어요. 그럴 수밖에 없었던 것은 어떻게 해서든지 할머니와 내가 다시 영혼 체인지를 해야 했기 때문이지요.

"민준아! 문 좀 열어 봐. 아니 왜 할머니와 함께 잔다는 거야? 밤에 힘들 텐데⋯."
"엄마! 할머니가 저와 함께 있고 싶으시데요. 걱정 마시고 어서 주무세요."
"정말? 정말 그래도 될까?"
"그럼요. 걱정 마세요."
"고맙다. 그럼 부탁한다."

다음 날, 눈을 뜬 나는 꿈이길 바랐지만, 할머니와 나의 영혼 체인지는 꿈이 아니었어요. 여전히 할머니와 내 몸은 바뀐 상태였지요. 할머니와 난 그야말로 서로 영혼이 깊게 연결되어 있는 것 같았어요. 소울 메이트처럼….

우린 서로 마주 보며 여러 차례 호흡을 맞추며 서로가 되는 일을 연습했고, 서로에 대해 분석하고 연구했어요. 할머니와 내 영혼이 바뀐 후, 할머니가 내 캐릭터를 표현해야 했기에 많은 연구가 필요했던 것이지요. 그러는 동안 나는 할머니를 더욱 이해할 수 있었고, 그 누구보다 우린 가까워지

고 있었어요. 그리고 아픈 할머니를 보살피지 못했던 것도
후회하게 되었어요.

"할머니! 학교에 가서 꼭 저처럼 행동하셔야 해요. 학교에
서 말을 줄이고 얌전하게 있다 오셔야 해요. 할머니는 초등
학교 선생님이셨으니까 학교생활은 다 아시죠? 그리고 게임
에 대해서도… 할머니는 똑똑하시잖아요."
"민준아! 걱정하지 마. 잘하고 올게."

내 안의 할머니가 교실에 들어서자, 역시나 친구들의 아우성이 터져 나왔어요.

"야, 김민준. 어제 뭐야? 갑자기 잠수를 타면 어떻게 해? 한참 기다렸잖아."

순간 내 안의 할머니가 당황하는 듯싶었지만, 이내 어제 일을 이해했고, 나로 행동했어요.

"너희들에게 설명하기는 좀 그렇지만 사실 어제는 내가 말이야…"
"민준아! 너 말을 왜 그렇게 해? 이상해, 꼭 어른처럼 이야기하네."
"내가? 사실 어제 내가 정말 이상한 경험을 해서 말일세."

내가 된 할머니는 친구들에게 영혼 체인지 이야기는 쏙 빼고 컴퓨터 앞에 앉아 VR 머신을 머리에 쓰고 먼 여행을 했고, 그곳에서 벌어진 이야기를 했어요. 그러나 아무도 그 말을 믿어 주지는 않았지요.

"너 꿈꿨구나? 컴퓨터 켜 놓고 자 버린 거 아니야?"

"그럼 그렇지. 천하의 김민준이 게임을 마다할 리가 없지. 오늘은 꼭 들어와라. 너 없으면 게임이 안 된다니까."

"아, 알았어."

친구들 말대로 정말로 꿈일지도 몰라요. 그렇지 않고서야 몬스터를 사냥하는 게임에 몬스터가 한 마리도 나오지 않는 건 말이 안 되는 거잖아요. 게다가 함께 놀았던 친구들, 그리고 소녀까지, 도저히 게임 속 캐릭터라고 하기에는 달라도 뭔가 달랐어요.

몸은 나였지만 할머니가 분명한 나는 학교를 나와 집으로 돌아오고 있었어요. 얼른 두 사람이 함께 있어야 할 것 같거든요. 발걸음을 빠르게 했어요. 그때였어요. 골목에서 한 남자아이가 서너 명에게 공격을 받고 있었어요. 일진이라 하기도 뭐하지만 사실 애들을 때리고 다니면서 돈을 뺏고 괴롭히는 아이들이 초등학교에도 있긴 했지요. 그 골목길 풍경을 보고 민준이 몸을 한 익스큐즈 미 할머니가 그냥 지나칠 리가 없었어요.

'민준이가 말썽 피우지 말라고 했는데… 하지만 어쩌겠어. 저 친구를 그냥 두고 볼 수는 없지.'

내 몸을 한 할머니가 골목길로 들어섰어요.

"이보시게… 내가 말일세 나쁜 녀석들한테는 반말을 하는데, 말 놓아도 괜찮겠지? 근데 이건 뭐하는 짓인가? 아니 한 아이를 가운데 두고 때리고 있는지 설명을 좀 해 보시게."

"하하, 애 말하는 것 좀 봐. 골 때리는 꼬맹이잖아. 겁도 없이?"

"내가 이렇게 생겼어도 나이는 꽤 먹었거든."

"하하하…."

"난 사람을 한 번도 때려 본 적이 없어서 좀 그렇지만 어서 날 상대해 보시지."

"정말 나이를 먹긴 했나 보다. 말하는 게…."

결과요? 뭘 상상하셨는지 모르지만 나쁜 녀석들의 압승!! 내 몸은 얼마나 맞았는지 멍이 들고 찢어졌어요. 그러나 그 아이들 틈에서 공격을 당한 아이가 그 자리를 피해 도망가는 쾌거를 얻었다는 것이지요.

"다녀왔습니다."

애써 내 흉내를 내며 현관문을 열고 집 안으로 들어선 내 모습을 한 할머니를 보며 엄마가 놀라 말했어요.

"아니 민준아! 네 얼굴이 왜 그래?"
"아… 그게 학교에서 달려오다가 넘어졌어. 할머니는?"
"글쎄 방문을 잠그고 하루 종일 뭘 하시는지 네 방에 있네. 어서 들어가 봐. 오늘은 정신도 멀쩡하시고 식사도 잘하시고. 화장실도 잘 가시고… 어서 네 방으로 들어가 보렴."
"할머니! 익스큐즈 미 우리 할머니!"

내 모습을 한 할머니가 방으로 들어갔어요. 컴퓨터 앞에는 하루 종일 맘껏 게임을 한 내가, 지친 할머니 모습으로 앉아 있었어요.

"김민준 너 진짜 하루 종일 게임 한 거야?"

"네. 근데 할머니! 할머니는 내 잘생긴 얼굴을 어떻게 한 거예요? 싸웠어요?"

"어. 나쁜 놈들을 야단쳐 주고 싶었는데. 하하, 민준이 네 싸움 솜씨가 형편없더라. 평소에 운동을 좀 하는 게 어떻겠니? 게임을 한 시간만 줄이고 태권도를 하던지, 유도를 하던지."

정말 그때 할머니의 이야기를 듣고 나는 깨달았어요. 게임만 할 게 아니라 운동도 열심히 해서 싸움 실력을 쌓은 다음 불량한 아이들에게 제대로 된 활약상을 펼쳐야겠다고 마음먹었답니다.

그때 메시지가 도착했어요. 우린 약속이나 한 것처럼 컴퓨터 앞에 앉았지요.

"좋았어. 할머니, 오늘은 우리 함께 제대로 시작해 봐요."

"그래 민준아! 재미있겠다."

우리는 VR 머신을 머리에 썼어요. 눈앞에 펼쳐진 세상은 여전히 판타지 세상과는 어울리지 않는 곳이었어요. 전날과 마찬가지로 아주 오래전 마을에 있는 오래된 집, 오래된 기

억처럼. 아이들은 빈터에 모여 놀고 있었어요.

'아니 그런데 왜 자꾸 여기로 오는 거야? 이놈의 컴퓨터가 바이러스라도 걸렸나.'

더욱 이상한 것은 어제처럼 게임 속에서는 영혼 체인지가 되지 않은 그냥 내 모습이었던 거예요. 게다가 게임의 종목이 조금 바뀌어 있었어요. 남자아이들은 어디서 구했는지 바람이 거의 빠진 낡은 축구공을 차고 있었고, 여자아이들은 작은 돌들을 모아 공기놀이를 하고 있었어요. 그리고 소녀는 전날과 마찬가지로, 나무 밑에 앉아 책을 읽고 있었지요.

"야. 어서 와서 껴."

나도 모르게 소녀를 향해 가고 있는데, 대식이가 또 선수가 한 명이 부족하다며 불러 세웠어요. 매번 선수가 한 명 부족한 걸 보니 아마도 이 마을에 남자아이들은 홀수인 듯했어요.

"난… 오, 오늘은 빠질게. 잘하지도 못하고."

"안 돼. 알사탕 내기란 말이야. 지면 네가 책임질 거야?"

축구 경기에서 지면 그게 왜 내 책임인지 몰랐지만 또다시 아이들과 어울려 공을 차야 했어요. 그래도 나름 유럽 축구 경기를 좀 봐서 장치기보다는 자신이 있었지만 도저히 경기에 집중할 수가 없었어요. 힐끔 소녀를 보다 그만 날아오는 공에 얼굴을 맞고 말았지요.

"김민준. 도대체 정신을 어디다 팔고 있는 거야? 알사탕이 걸린 경기라고 말했잖아."

"미, 미안해. 근데 쟤는 누구니?"

"아, 쟤."

대식이는 소녀의 이름을 말해 주지 않았어요. 다만 만날 책만 본다고 해서 책벌레라고 불린다고만 말해 주었지요. 경기 시간이 얼마 남지 않았는데 스코어는 1- 3, 패색이 짙어진 듯한 그때, 난데없이 비가 쏟아지기 시작했어요.

"야. 이 게임 무효다."

"그런 법이 어디 있어?"

"비 맞으면 엄마한테 혼난단 말이야."

약속이라도 한 것처럼 지고 있던 팀 아이들은 우르르 빈터를 떠났고, 이기고 있던 팀 아이들도 그 뒤를 따랐어요. 여자아이들은 진작 비를 피해 빈터를 떠난 뒤였지요.

'갑자기 웬 비야.'

게임 속인데 진짜 비를 맞는 느낌이 들었어요. 더 이상 맞으면 안 되겠다 싶어 커다란 나무 밑으로 몸을 옮겼지요. 머리의 물기를 툭툭 털어 내고 있는데 누군가 다가왔어요. 하얀 피부에 유난히 빛나는 초롱초롱한 눈을 가진, 나무 밑에서 책을 읽던 그 소녀였습니다. 소녀는 대뜸 손목을 잡아 끌었어요.

"왜, 왜 그래?"

소녀와 함께 빗속을 뛰었어요. 그리고 빈터 근처에 있는 헛간 처마 밑까지 와서야 소녀는 걸음을 멈추었어요.

"비 올 때 나무 밑은 위험하다는 거 학교에서 안 배웠니? 번개라도 치면 어쩌려고."

소녀는 걱정하는 표정으로 말했어요. 난 그런 소녀의 얼굴을 멍하니 바라보았어요. 첫눈에 반한다는 게 이런 느낌일까? 가까이서 보니 소녀의 두 눈이 샛별처럼 초롱초롱 빛나는 것은 말할 것도 없고, 콧날은 오똑했고, 반달처럼 아름다운 이마는 빛이 났으며, 윤기가 자르르 도는 입술은 흡사 앵두 같았지요.

"미, 미안. 깜빡했어."

나란히 앉아 처마 밑으로 내리는 비를 바라보고 있노라니, 가슴이 콩닥콩닥 뛰고 순간순간 간이 콩알만 해지는 것 같았어요.

"비가 제법 내리네."
"그러게. 마법만 통해도 비를 멈출 수 있을 텐데."
"마법?"
"응. 사실 내 직업은…."

게임 속에서 밤낮을 바꾸고 날씨를 바꾸는 건 레벨 99 마법사에게는 별로 어려운 일이 아니었어요. 하지만 마법이 통하지 않는 상황에서 굳이 직업을 밝힐 필요는 없단 생각이 들어 더 이상 말을 이어 나가진 않았어요. 그런 사정을 알리 없는 소녀도 재미있다는 듯 피식 웃었지요.

"네 말대로 마법으로 비를 멈출 수 있다면 좋겠다. 하지만 너무 걱정 마. 소나기니까. 곧 멈출 거야."

"다행이다. 그, 그런데. 넌 사람이니?"

"응? 그게 무슨 말이야?"

"아, 그, 그러니까. 사람인지 아니면…"

"네 눈엔 뭘로 보이는데?"

"모, 모르겠어. 워낙 리얼해서 도무지 구분이 안 되네."

"사, 사실 난."

소녀는 생각에 잠긴 듯 잠시 말을 멈추었어요. 그러다 이내 어쩔 수 없다는 듯 말했지요.

"사실 난 꼬리가 아홉 개 달린 구미호야. 인간의 간을 먹고 살지."

"뭐, 뭐라고?"

화들짝 놀라 뒤로 나자빠졌어요. 그 모습을 보고 소녀는 깔깔 웃었지요.

"농담이야. 농담. 이 세상에 구미호가 어디 있니?"
"정, 정말? 정말 구미호는 아닌 거지?"
"너 아주 겁쟁이구나."
"겁쟁이 아니거든."
"기분 나빴다면 미안. 그나저나 우리 이렇게 있으니 꼭 소나기 속 주인공 같다."

소녀는 처마 밑으로 내리는 비를 바라보며 말했어요. 처음엔 소녀의 말뜻을 이해하지 못했어요.

"소나기?"
"응. 황순원의 소나기도 몰라?"

그제야 언젠가 할머니가 읽어 줬던 기억이 떠올랐어요. 하지만 정확한 내용은 기억나지 않았지요. 소년과 소녀의 안타깝고 순수한 사랑 이야기라는 정도만. 생각하니 얼굴이 발그레 달아올랐어요. 언제나 그 자리에 있던 사람처럼, 함께 내리는 비를 바라보았습니다. 그러면서 힐끔 소녀의 얼굴을 바라보았어요. 그러다 소녀와 눈이 마주치면 모른 척 딴청을 피웠지요. 소녀도 눈치를 챘는지 피식 웃었어요. '이 순간이 조금 더 계속되기를, 소나기가 아니라 장맛비였으면 좋았을 텐데…' 하고 생각했지요.

그러나 소녀의 말대로 비는 곧 잦아들었어요. 비가 그치자, 소녀는 자리를 툭툭 털고 일어났어요. 그리고 손을 내밀며 악수를 청했어요.

"난 고은희라고 해. 넌?"

"난 김민준."

"멋진 이름이네. 근데 이 동네 사는 것 같지는 않은데."

"응. 푸른 광석을 찾으러 이 세계까지 왔어."

"푸른 광석?"

"응. 어떤 아이템도 만들 수 있는 희귀 광석이야. 혹시 푸른 광석에 대해 들어 본 적 있니?"

"글쎄, 처음 듣는데. 그런 광석이 정말 있어?"

"물론이지."

"혹시 있을 만한 곳이 떠오르면 알려 줄게. 만나서 반가웠
어."

"응. 나, 나도."

점점 작아지는 소녀의 뒷모습을 멍하니 바라봤어요. 이상
하게도 두근거리던 심장은 좀처럼 멈추지 않았지요. 잠시 스
쳤던 소녀의 손길도 여전히 따뜻하게 느껴졌고요. 게임 속
캐릭터에게 마음을 뺏기다니 믿기지 않았어요.

영혼 체인지는 역지사지(易地思之)처럼 서로의 처지나 입장을 바꾸어서 생각하는 자세를 배우는 것 같았어요. 서로를 배려하고 이해하는 공감 능력이요. 하지만 생각하면 생각할수록 다른 사람의 인생을 대신 살아간다는 것, 이게 말이 되는 건지 알 수가 없었어요. 왜 이런 일이 벌어졌는지, 그 이유가 무엇인지, 우리는 과연 원래의 일상으로 돌아갈 수는 있는 건지, 게임 속에서는 왜 과거로의 여행을 떠나게 되는지 이해할 수 없는 일 투성이었어요. 거기에는 어떤 비밀이 있는지 알 수 없었지요. 결국 나와 할머니는 어떤 임무를 수

행하듯 바뀐 사람의 몸에 빙의된 채로 지내고 있었어요.

학교에 간 내 몸의 할머니는 평소의 나답지 않게 공부를 얼마나 열심히 하는지, 최상위 수학을 척척 풀어냈고. 계속 백점! 그런 내 모습을 한 할머니를 보며 엄마는 너무나 좋아하셨어요. 옆에 서 있는 나인 할머니도 콧등을 찡긋하며 환하게 웃고 있었지요.

"와 김민준! 넌 요즘 할머니와 함께 방 쓰며 열심히 공부하더니 매번 100점을 맞네. 오늘도 또 다 맞았다면서? 고마워. 아들! 게임도 하고, 공부도 잘하니…. 근데 그렇게 계속 할머니와 같은 방을 쓰는데 불편하지 않니?"

할머니와 난 동시에 대답했어요.

"괜찮아요."

할머니와 나는 서로의 몸에 빙의된 채로 새로운 사람이 된 듯 지내고 있었어요. 공부를 잘하는 것은 말할 것도 없고, 방 청소까지 잘하는 할머니가 들어가 있는 날 보며, 엄마는 자꾸 놀라워하고 신기해 하기도 했어요. 그도 그럴 것이 사실 나는 내 방 청소를 해 본 일이 거의 없었기 때문이지요. 어디 그뿐인가요? 하루는 엄마가 마트에 나갔다 집에 왔는데, 할머니가 들어가 있는 내가 마루에 걸레질을 하고 있었으니 엄마가 얼마나 놀라셨겠어요?

"아니 민준아! 지금 뭐하니?"
"마루가 지저분해서요."

엄마가 놀라서 걸레를 뺏으려고 했지만, 내 모습을 한 할머니는 괜찮다고 하시면서 끝까지 청소를 하신 거예요. 근데 그것뿐이 아니었어요. 저녁 식사를 끝내고 할머니는 바로 개수대로 가서 설거지를 하셨어요. 놀란 것은 엄마 아빠뿐이 아니였지요. 사실 할머니 모습으로 있는 나도 놀랐다니까요. 아니 생각해 보세요. 만약 그게 나였다면, 3학년인 김민준이었다면 설거지가 가능했겠냐고요.

아무튼 할머니는 어떤 임무를 수행하듯 바뀐 나로 빙의된 채 엄마와 이야기하고 있었어요. 물론 엄마는 날 할머니로 알고 이야기를 하고 계셨던 거예요.

"어머니! 무슨 말씀을 하시고 싶은 것 같은데… 말씀을 해 보세요."

"민준이 말이다. 게임한다고 너무 쌍심지 돋구며 애달아 하지 마."

"그건 어머니! 민준이가…."

"알지. 그러나 네가 인터넷 세대인 민준이 생활 문화를 이 해해야 한다. 온라인상에서는 물론, 오프라인상에서 정보를

공유하고 의견을 교환하는 것이나 컴퓨터 서핑 활동을 존중
해 줘야 한다는 거지. 더 이상 공부만 잘하면 된다는 것으로
민준이를 묶어 두려 해서는 안 된다는 거야. 더욱이 정민이
나 소율이와 비교하면서 민준이를 기죽이지 않아야 한단다.”

"아니 어머니! 어머니! 예전 선생님 하실 때 어머님 같으
세요. 이제 정말 괜찮으신 거예요? 이제 정말 안 아프신 거
죠?”

"난 괜찮다. 민준이를 예쁘고 똑똑한 아이로, 똘똘하고 당
찬 아이로, 공부도 잘하고 흠잡을 데 없는 잘난 아이로 키우
고 싶다면 내 말, 잊지 말아라.”

"그럼요. 그럼요. 어머니 말씀 명심할게요.”

엄마는 눈물까지 보이며 할머니에게 감동하는 모습이었
어요.

"정말 이제 어머니 괜찮은 거죠?”

나는 제법 할머니 흉내를 내며, 내 의견을 엄마에게 말하
면서 얼마나 고소하던지요.

　다음 날, 학교에 간 내 모습의 할머니를 보며 친구들은 게임에 들어오지 않았다며 온갖 타박을 했어요. 할머니는 아무래도 컴퓨터가 이상한 것 같다고 변명을 해야 했지만 그 말을 친구들이 믿어 주지 않았지요.

　"들어오기 싫으면 그만둬. 우리끼리 하면 되니까."

　친구들은 잔뜩 삐져서 말했어요. 미안하다고 말은 했지만, 사실 내 맘을 알고 있는 할머니는 오히려 잘 되었다고 생각했어요. 새로운 세상에서의 게임을 하며 방해받지 않고 소녀와 만날 수 있으니까요. 더구나 갑자기 오류가 수정되면 더 이상 그 세계로 가지 못할 수도 있으니, 그러기 전에 솔직히 소녀와 더 많이 만날 수 있다는 생각이 들어 좋았어요.

나는 할머니 모습으로 내 방에 머물면서 푸른 광석을 찾겠다는 생각은 어느새 잊고, 매일 소녀와 만나 책도 보고 산책도 하고 많은 이야기도 나누었어요. 그리고 우리는 솔직하게 서로 마음을 나누는 좋은 친구가 되었지요.

게임은 언제나 빈터에서 시작되었습니다. 반갑게 손짓하는 대식이를 못 본 채 지나치고 소녀에게로 곧장 다가갔어요. 책을 읽던 소녀가 나를 알아보고 활짝 웃으며 손을 흔들었어요.

"어서 와. 오늘은 좀 늦었네."

"넌 오늘도 책을 읽는구나."

"응. 책을 읽으면 새로운 세계로 여행을 하는 기분이 들어서 좋아."

"마치 게임처럼 말이니?"

"게임? 그게 뭔데? 축구 경기 같은 거 말이니?"

"아니. 컴퓨터나 스마트폰 같은 걸로 하는 전자오락을 말하는 거야."

"컴퓨터는 들어 봤는데 스마트폰은 또 뭐야?"

소녀는 모르겠다는 듯 고개를 갸우뚱거렸어요. 아무리 시골이라도 스마트폰을 모르다니.

'도대체 이 게임의 배경은 언제인 거지?'

난 의아했지만 대수롭지 않게 넘겼어요. 무엇보다 소녀와 이렇게 만나니 마치 연애 시뮬레이션을 하는 기분이 들어 좋았어요.

"맞다. 마침 물어보고 싶은 게 있었는데."

"그게 뭔데?"

"그 푸른 광석이란 거. 정말 존재한다고 생각하니?"

"무, 물론이지."

"그럼 가자."

"어, 어딜?"

"그 푸른 광석인가 뭔가를 함께 찾아보는 건 어때? 보물찾기하는 것 같고 재밌을 거 같아."

"정말? 그렇게 해 준다면 나야 좋지."

"좋았어. 푸른 광석이 있을 만한 곳을 알 것 같아."

소녀가 처음으로 데려간 곳은 계곡이었어요. 산 사이로 흐르는 물은 마치 투명한 수정을 녹인 것과 같아서, 담긴 발이 어디까지인지 모를 정도였어요. 물속이 훤히 들여다보이는데도, 소녀는 열심히 바닥을 헤집었어요. 그러다 푸른 빛깔이 도는 돌을 보면 어김없이 물었지요.

"이건 아닐까?"

"아닌 거 같은데."

딱 봐도 푸른 광석이 있을 것 같지 않았지만 내색하지 않았습니다. 덩달아 열심히 계곡 밑을 헤집었어요. 그러다 서로에게 물이라도 튀면 약속이라도 한 듯, 물싸움을 시작했지요. 옷이 축축하게 젖어 버리자, 마을이 내려다보이는 언덕 위로 갔어요. 내리쬐는 햇빛을 고스란히 받으며 나란히 앉아 마을을 내려다보니 온 세상을 품에 안은 것 같았어요.

"그 푸른 광석을 찾으면 뭘 할 거야?"

"최강의 검을 만들 거야."

"검? 검을 만들어서 뭐 하려고?"

"그야 드래곤을 물리치고 공주를 구해야지."

"넌 상상력이 참 풍부하구나."

소녀는 재미있다며 피식 웃었어요. 소녀가 정말 내 말을 믿고 있는 건지 아닌지는 알 수 없었지만 그래도 소녀의 칭찬에 괜스레 어깨가 으쓱해졌어요.

"그런데 그 푸른 광석, 마치 파랑새 같다."

"파랑새?"

"응. 마테를링크의 동화에 나오는 파랑새 말이야."

"아, 그 파랑새."

언젠가 할머니가 들려주던 이야기가 떠올랐어요. 하지만 그 이야기의 결말은 온전히 기억이 나지 않았지요. 그런데도

시치미를 뚝 떼고 말했어요.

"소년과 소녀가 함께 희망의 상징인 파랑새를 찾는 이야
기잖아."

"맞아. 너도 읽어 봤구나."

"그럼. 파랑새를 구하고 그 보답으로 보물을 얻은 소년 소
녀가 행복하게 살았다는 뭐 그런 뻔한 이야기 아니겠어."

"재밌다. 그 이야기도 메모해 둬야겠다."

소녀는 노트를 펼쳤어요. 그리고 무언가를 열심히 적어 나
갔어요. 무엇을 적고 있나 힐끔 보려는데 소녀는 부끄러운지
재빨리 노트를 품에 숨겼어요.

"뭔데 그래? 혹시 동화? 어디 보여 줘 봐."

"아직은 아니야. 언젠가 세상에 선보일 만한 작품이 되면
그때 꼭 들려줄게."

"역시 네 꿈은 작가인 모양이구나. 기대된다. 이 다음에 꼭
들려줘야 해."

"응. 근데 네 꿈은 뭐니?"

"내, 내 꿈?"

누구에게도 꿈에 대해 이야기해 본 적은 없었어요. 엄마 아빠에게도 말이에요. 왠지 비웃을 거 같았거든요. 하지만 소녀에게만큼은 뭐든지 말해도 될 거 같았어요.

"프로게이머가 돼서 월드 리그를 제패하고, 상금을 모아 나만의 게임 회사를 차릴 거야. 그리고 블리자드 같이 전 세계를 호령하는 게임 회사로 키울 거야."
"넌 구체적인 계획을 세웠구나. 그 꿈 진심으로 응원할게."

소녀의 말에는 진심이 묻어났어요. 솔직하게 속마음을 이야기하길 잘했다는 생각이 들었지요.

"고마워. 덕분에 힘이 난다."
"인생은 여행과도 같아. 즐겁지만 때론 고되고 험난하기도 하지. 그러니 여행을 떠나기 전에 목적지에 대해 깊게 고민해야만 해. 네 바람과는 달리 엉뚱한 곳에 도착할지도 모르거든."

"무슨 말인지는 알 것 같아. 프로게이머가 되면 재미있을 거 같지만 막상 승부에 몰두하다 보면 공부만큼이나 게임도 어렵게 느껴지거든. 그래서 금세 포기하고 다른 게임에 손대는 경우도 왕왕 있더라고. 무엇보다 게임 회사를 운영하려면 공부도 소홀히 하면 안 되겠다는 생각이 들어."

"네가 이렇게 속이 깊다는 걸 너희 부모님은 아시니?"

"아니. 한 번도 속마음을 이야기해 본 적은 없거든."

"이제부터라도 네 꿈을 솔직하게 말해 보도록 해. 분명 널 이해하고 응원해 주실 거야."

마침 바람이 불어, 소녀의 머리카락이 휘날렸어요. 드러난 소녀의 얼굴은 어딘가 낯이 익어 보였지요. 어쩌면 소녀와의 만남은 운명이 아닐까 하는 생각이 들었어요.

"나도 약속할게. 꿈을 이룬 멋진 모습을 보여 주기로."

"응. 진심으로 응원할게."

7

여긴
게임 속 세상…

할머니와 나는 시간만 되면 게임 속 세상에 빠져 있었어요. 그곳은 여전히 전과 다를 바 없는 풍경이 눈앞에 펼쳐졌지만, 소녀의 모습만은 보이지 않았어요. 마침 대식이가 다가와 난 소녀가 늘 앉아 있던 나무를 가리키며 물었어요. 대식이는 기가 막히게 알아듣고 답했지요.

"모르겠는데. 어디 아픈가?"

"아, 아프다고?"

"뭘 그렇게 놀라? 둘이 사귀기라고 하니?"

"아, 아니야. 그런 건 아니지만."

"그럼 어서 와서 껴. 지난번에 하지 못한 승부를 내야지. 무려 알사탕이 열 개가 걸린 승부라고."

"미, 미안. 나 지금 급한 일이 있어서."

소녀의 안부가 너무 걱정이 되었어요. 혹시라도 전날 물놀이를 해서 감기라도 걸린 게 아닌지. 소녀의 집을 찾아가 보기로 하고 도망치듯 빈터를 빠져나와 마을로 향했지요. 논과 밭이 있었고, 중간중간 집들이 들어서 있었어요. 아이들과 신나게 놀 때는 몰랐는데 동네는 과거를 그대로 옮겨 놓은 듯했어요. 그중 어느 곳에 소녀의 집이 있는지 알 수 없었습니다. 그런데도 마냥 길을 따라 쭉 걸었어요. 길의 끝에서 소녀를 만날 거라 기대하며.

제법 그럴듯한 기왓집 앞을 지나고 있을 때, 대문에서 낯익은 목소리가 들렸어요. 그리고 마법과 같이 소녀가 대문 밖으로 나왔어요.

"어머. 김민준! 여긴 어쩐 일이니? 혹시 날 찾아온 거야?"

"네가 걱정이 돼서. 어디 아픈 건 아니야?"

"괜찮아. 감기 기운이 좀 있었는데 이제 괜찮아."

"다행이다."

안도의 한숨을 내쉬고 있는데, 대문에서 아주머니 한 분이 나왔어요. 딱 봐도 소녀의 어머니 같아 보였지요.

"애는 누구니? 처음 보는데."

"아. 친구요."

"어머. 우리 은희에게도 친구가 있었네. 만날 책만 본다고 친구도 잘 안 사귀는 것 같아 걱정했는데."

"아, 안녕하세요. 김민준이라고 합니다."

소녀의 어머니에게 허리가 꺾어져라, 허리를 굽혀 인사를 했어요. 그 모습이 재미있었는지 소녀의 어머니는 환하게 미소 지었어요.

"마침 잘 왔다. 저녁 먹으려던 참인데 들어와 같이 먹자."

"정말요?"

슬쩍 소녀의 표정을 살폈는데, 소녀도 좋다고 고개를 끄덕여 주었어요. 집 안으로 들어서자, 대청마루에 근사한 저녁상이 차려져 있었습니다.

"안녕하세요."

　　소녀의 아버지에게도 인사를 하고 나서 상 한쪽을 차지하고 앉았지요. 비록 소시지도, 갈비도 없는 소박한 반찬들이었지만, 나물에 간장을 넣고 쓱쓱 비벼 먹으니 그렇게 맛있을 수가 없었어요.

"잘도 먹네. 한 그릇 더 주랴?"

"네. 감사합니다."

얼른 밥을 마저 비우고 빈 공기를 소녀의 어머니에게 내
밀었어요. 원래 이렇게 먹성이 좋은 편은 아니었는데 말이지
요. 오히려 입이 짧고 반찬 투정이 심해서 엄마에게 잔소리
를 듣곤 했어요. 특히 밤새도록 게임을 하고 새벽에야 잠든
날에는 엄마가 정성스럽게 차려 준 아침밥도 겨우 한두 숟
가락 뜨고 마는 때가 많았지요. 무뚝뚝한 표정으로 신문을
보고 있던 소녀의 아버지도 그런 내 모습이 재미있었는지
껄껄 웃어 주었어요.

"녀석. 먹성이 좋구나."

"네. 게임 속인데도 왜 이리 맛이 좋죠?"

"게임? 축구 경기 같은 거 말이니?"

소녀의 아버지도 소녀와 마찬가지로 게임에 대해 잘 알지
못했어요. 스마트폰이 뭔지도 모르는 듯했고요. 게임을 하는
게 아니라 마치 시간 여행을 하고 있다는 생각마저 들었습

니다. 혹시나 하는 마음에 소녀의 아버지가 보고 있던 신문에 적힌 날짜를 슬쩍 보았어요.

"1963년? 지금이 1963년이라고?"

벽에 걸린 달력도 60년 전을 가리키고 있었어요. 돌이켜보면 빈터에서 놀던 아이들의 복장이 어딘가 촌스러웠어요. 마을에 들어선 집도 마찬가지고요. 하지만 그렇게 놀랍지는 않았어요. 보통 판타지 게임은 수백 년도 더 된 중세 시대를 배경으로 하기도 하니까요. 60년 전이면 대단한 과거의 일도 아니지요.

"자, 천천히 많이 먹어라."

소녀의 어머니는 새로 퍼온 밥을 앞에 놓아 주었어요. 모락모락 김이 나는 밥을 한 숟가락 떠서 입에 넣었지요. 너무 맛있었어요. 별안간 할머니에 대한 기억이 떠오를 정도로. 할머니가 혼자 사실 때, 할머니 집에 자주 놀러 갔었어요. 갈 때마다 할머니는 맛있는 음식을 차려 주셨는데, 우리 손자가 좋아한다며 잡채와 불고기는 빠뜨리지 않으셨거든요. 함께 밥을 먹고 노닥거리다가 서너 밤을 자고 올 때도 있었지요. 할머니 생각이 나자 가슴 속에 그리움이 밀려들었어요.

'아무리 생각해도 여기는 게임 속 세상 같지가 않아.'

생각해 보니 이상하긴 했어요. 그래픽이 현실적일 수는 있지만, 음식의 맛까지도 이렇게 생생히 느껴지다니.

'역시 이건 게임이 아니야.'

갑자기 정신이 혼란스러워졌어요. 이게 꿈인지 생시인지, 게임 속인지 현실인지 도무지 판단이 서지 않았어요. 오락가락하며 꿈과 현실을 구별하지 못하고, 과거와 현재도 구분하지 못하는 할머니도 이런 기분이었을까요? 만약 그렇다면 그 마음을 조금은 이해할 수 있을 것 같았어요.

창호지 문 사이로 달빛이 스며들고 있었어요. 달님이 하늘 높이 떠오르자 깜빡깜빡 별들도 졸기 시작했지요. 밥을 먹고 나서 잠시 앉아 있는다는 게 그대로 잠이 든 모양이었어요.

새근새근 잠든 사이, 누군가 곁으로 다가와 이불을 덮어 주었어요. 귓가에서 할머니가 불러 주던 모차르트의 자장가 소리가 들리는 듯했어요.

"잘 자라 우리 아가 앞뜰과 뒷동산에. 새들도 아가 양도 다들 자는데. 달님은 영창으로 은구슬 금구슬을. 보내는 이 한 밤. 잘 자라 우리 아가 잘 자거라."

이른 아침부터 한 줌의 연기가 굴뚝을 빠져나가면서 송진이 타는 향기가 온 마을을 덮고 있었어요.

"민준아, 민준아. 어서 일어나!!"
"으응. 나 조금만 더 잘래."
"더 자기는 무슨, 벌써 해가 중천인데."

졸린 눈을 비비며 부스스 일어나 앉았어요. 일어나 보니 소녀의 까맣고 예쁜 눈이 나를 귀엽다는 듯이 바라보고 있었지요.

"맙소사. 내가 여기서 잔 거야?"

"응. 밥을 두 그릇이나 먹고 그대로 곯아 떨어져 버렸잖아."

"큰일 났다. 이만 난 가 봐야 할 거 같아."

다행히 토요일이라 학교에 가지 않아도 되었어요. 하지만 밤새도록 게임을 하고 있다는 걸 들키면 엄마한테 크게 혼날 게 불 보듯 뻔했지요. 서둘러 작별 인사를 하고 게임에서 나가려는데, VR 머신이 벗겨지지 않았어요. 아니 손에 아무것도 잡히지 않았어요.

"왜, 왜 그래?"

"아무래도 이 세계에 갇혀 버린 거 같아."

"그게 무슨 말이야?"

"믿지 못하겠지만, 난 지금 게임 중이야."

"게임? 지금 여기가 정말 게임 속 세상이라고 생각하는 거야?"

"아니. 아무리 봐도 여긴 게임 속 세상과 달라. 마법도 통하지 않고 미션 같은 게 주어지지도 않으니까. 무엇보다 네가 게임 속 캐릭터일 리 없어. 다만 분명한 건, 내가 이 세계로 온 건 게임을 통해서라는 거야."

"마치 이상한 나라의 앨리스처럼?"

"그, 그런 셈이지."

소녀에게 그동안의 자초지종을 이야기해 주었어요. 물론 소녀가 그 말을 진심으로 믿는지 안 믿는지는 알 수 없었지만, 이야기를 모두 듣고 난 뒤 소녀는 고개를 끄덕였어요.

"그럼 이제 영영 돌아갈 수 없는 거야?"

"모, 모르겠어."

어찌할 바를 몰라 낙담하고 있는데, 소녀가 뭔가 떠오른 듯 말했어요.

"푸른 광석을 찾으면 다시 너의 시대로 돌아갈 수 있지 않을까?"

"응? 그게 무슨 말이야?"

"푸른 광석만 있으면 어떤 아이템도 만들 수 있다고 했잖아. 푸른 광석을 찾아 타임머신 같은 아이템을 만들면 되지.

더구나 네가 이 세계에 온 이유도 그 푸른 광석을 찾으려 했던 거고."

"맞다. 내가 왜 그 생각을 못했지."

어떻게 저런 생각을 할 수 있는지, 감탄사가 저절로 나왔지요. 그런데 그 보다, 그사이 소화가 다 되었는지 배에서 꼬르륵 소리가 났어요. 소녀도 소리를 들었는지, 씩 웃으며 말했어요.

"금강산도 식후경이라고 했어. 일단 아침부터 먹자. 그리고 그 푸른 광석이 있을 만한 곳이 떠올랐어."

"정말? 설마 또 냇가나 숲은 아니겠지?"

"아니. 이번엔 진짜야."

세수를 하고 돌아오니, 소박하지만 정갈한 아침상이 기다리고 있었습니다. 특히 좋아하는 미역국과 콩자반이 먹음직스럽게 밥상 위에 올려져 있어요. 소녀는 제 손으로 직접 차렸다며 으스댔어요. 따뜻한 밥 한 공기를 미역국에 말아 뚝딱 해치웠지요.

8

텅스텐이 뭐야?

소녀가 말한 곳은 버스를 타고 가야 했습니다. 워낙 시골이라 한 시간 가까이 기다린 다음에야 버스에 올라탈 수 있었지요. 한 30분, 덜컹덜컹 시골길을 달리던 버스는 드디어 목적지에 도착했어요. 버스가 흙먼지를 날리며 떠나가자 눈앞에 가득 들어온 것은, 신작로 양 옆으로 활짝 핀 목련 나무들이었어요. 봄을 맞아 흐드러지게 피어 있는 하얀 목련꽃들이 너무 아름다웠지요.

"와, 너무 예쁘다."

그사이 푸른 광석에 대한 생각은 잊고 나란히 목련꽃 길을 걸었어요. 20분쯤 걷자 파란 슬레이트 지붕을 올린 단층 건물이 보였어요. 그리고 그 옆에는 커다란 동굴과 같은 곳이 있었습니다.

"여, 여긴 어디니?"

"여기는 강원도 광산이야."

"광산? 광물을 캐는 광산 말이니?"

"응. 푸른 광석도 광석이니까 광산에 가면 찾을 수 있지 않을까? 마침 우리 삼촌이 이곳 광산 사무소에서 일하셔. 오기 전에 미리 연락을 해 놓았지."

소녀 말대로 회색 작업복을 입은 키 큰 아저씨 한 분이 미리 나와 손을 흔들었어요. 소녀는 반갑게 달려갔지요.

"삼촌."

"어서 오거라. 그런데 얘는 누구니?"

"김민준이라고….."

"오, 남자 친구니?"

"친구는 아니고, 그러니까…"

소녀의 볼이 수줍게 변했어요. 덩달아 내 뺨도 붉게 물들
었어요. 소녀의 삼촌은 재미있다는 듯 껄껄 웃었지요.

"반갑다. 이렇게 왔는데 특별한 구경을 시켜 주마."

안전모를 쓰고 광산 입구로 들어섰어요. 하지만 사방에 보
이는 건 돌덩이들뿐이었어요.

"여기가 우리나라에서 제일 큰 중석 광산이란다. 수출도
아주 많이 하지."
"중석이요?"
"그래. 우리 말로는 중석, 영어로는 텅스텐이라고 하지.
자, 사무실 안으로 들어가자. 특별히 너희들에게 텅스텐 원
석을 보여 주마."

잔뜩 기대하며, 키 큰 삼촌을 따라 사무실 안으로 들어갔
어요. 소녀의 삼촌은 사무실 안쪽의 캐비닛을 열더니, 어른

주먹만 한 돌덩이를 가져왔어요.

"자, 이게 텅스텐 원석이란다. 아주 귀한 거지."

하지만 나는 원석을 보고 실망하는 표정을 감추지 못했어요. 텅스텐 원석은 그냥 들이나 산에서 흔하게 볼 수 있는 돌덩이와 별 차이가 없었거든요.

"역시 이것도 푸른 광석은 아닌 모양이네요."

내가 금방 흥미를 잃고 잔뜩 실망한 표정을 보이자, 삼촌은 씩 웃으며 말했어요.

"이게 다가 아니란다. 텅스텐 원석은 어둠 속에서 진짜 빛을 발하지."

삼촌은 사무실 천정의 형광등을 끄고, 창가로 가더니 블라인드를 내려서 실내를 어둡게 만들었어요. 햇빛이 들지 않는 사무실 안은 바로 옆에 서 있는 소녀의 얼굴이 어슴푸레 보일 만큼 어두웠어요. 삼촌은 스텐드 조명처럼 생긴 기구를 가져오더니 말했어요.

"자, 이제 텅스텐의 마법을 보여 주마!"

조명 기구에서 희미하게 푸른빛이 흘러나왔어요. 그 빛을 텅스텐 원석에 비추자, 반딧불처럼 파란 불빛들이 춤을 추기 시작했어요. 나도 모르게 입에서 탄성이 터져 나왔지요.

"와, 완전 마법 같아요. 도대체 어떻게 하신 거예요?"
"하하. 그렇지? 이 파란 빛은 미네랄 라이트라고 한단다. 원석 안에 텅스텐이 얼마나 많이 들어 있는지를 알아보는 기구지. 파란색으로 반짝이는 점들이 바로 텅스텐이란다."

소녀의 삼촌은 신이 나서 자랑을 이어 나갔어요.

"텅스텐은 우주선이나 인공위성을 만들 때 없어서는 안 되는 재료란다. 텅스텐이 없으면 우주여행은 꿈도 꿀 수 없지."

"우주선이요?"

이 평범해 보이는 광석이 우주선의 재료로 쓰인다니, 믿기지 않았어요.

"그래. 우주선! 텅스텐은 아주 높은 고열에서도 변형이 일어나지 않는, 강철보다 더 열에 강한 광물이야."

"아, 맞아요. 우주선이 대기권을 통과하려면 아주 뜨거운 열을 견딜 수 있어야 하죠."

"민준이가 잘 알고 있구나. 그래서 우리가 우주여행을 하려면, 이 텅스텐이 반드시 필요한 거란다."

"우와, 짱이다!"

나도 모르게 감탄하며 탄성을 내질렀어요. 이렇게 귀한 원석을 직접 볼 수 있다니. 갑자기 가슴이 설레었어요.

"언젠가 진짜 우주여행을 갈 거야. 우리나라에서 캐낸 텅스텐으로 만든 우리나라 우주선을 타고! 달나라로, 화성으로, 더 멀리 태양계 밖으로."

"그래. 민준이는 꼭 우주여행을 갈 수 있을 거야."

"우리 같이 가야지. 무슨 소리야."

"정말 나도 우주여행을 갈 수 있을까?"

소녀의 물음에 잠시 대답을 머뭇거렸어요. 소녀보다 60년 후를 사는 데도 우주여행은 아직 먼 미래의 일이니까요. 그러나 소녀를 실망시키고 싶지 않았어요. 이내 웃으며 고개를 끄덕였지요.

"물론이지. 우리 약속하자. 같이 우주여행 가기로. 새끼손 가락 걸고."

소녀와 새끼 손가락을 걸고 약속했어요. 거기다 엄지손가 락을 맞대고 도장까지 꾹 찍었지요. 그사이 소녀의 삼촌은 신줏단지 모시듯, 원석을 다시 캐비닛에 넣고 자물쇠로 잠가 버렸어요.

"자, 잠깐요. 그거 저 주시면 안 돼요? 꼭 필요해서 그래 요."

"맞아요. 민준이 주세요."

나도 소녀도 함께 부탁을 했지만, 소녀의 삼촌은 단호하게 거절했어요.

"그건 곤란하단다. 워낙 귀한 거라. 금보다도 비싼걸."
"그, 금보다도요?"

금보다 비싸다는 말에 더 이상 할 말을 잊고 말았어요. 소녀도 나도 축 처진 어깨를 하고 사무실에서 나왔어요. 속사정을 알 리 없는 소녀의 삼촌은 그 와중에도 자랑을 늘어 놓았지요.

"여기 광산에서 나오는 원석에는 텅스텐 함량이 아주 높단다. 덕분에 해외에도 비싼 값에 수출되지. 하하하."

그 순간, 소녀와 난 동시에 같은 생각을 했어요. 광산에 직접 들어가 텅스텐을 찾기로 말이에요.

점심 무렵이 되자, 광산에서 일하는 광부들이 점심을 먹기 위해 하나둘 광산 밖으로 나왔어요. 대부분 근처 식당으로 향했는데, 아저씨 한 분만은 광산 앞 바위에 걸터앉아 가지고 온 도시락을 바닥에 펼쳤어요. 광산에 들어가려면 도시락을 먹는 아저씨에게 들키면 안 되었지요. 분명 거기는 위험하니 들어가지 말라고 말할 테니까요.

　"마법을 사용할 수만 있으면 이 정도는 식은 죽 먹기인데."

　아쉬운 마음에 중얼거렸어요. 그런데 그 말을 듣고 소녀가 뭔가 좋은 꾀를 떠올렸어요.

　"마, 마법? 마법을 쓰면 되잖아. 광부 아저씨로 변하는 마법."
　"하, 하지만 이 세계에서는 내 마법은 통하지 않는걸."
　"그런 건 중요하지 않아. 잠깐 있어 봐."

　소녀는 사무실에 들어가 삼촌이 벗어 놓은 작업복과 작업

모자, 그리고 빗자루를 하나 가지고 왔어요. 그리고 빗자루에 작업모와 작업복을 걸친 다음 내게 건넸지요.

"이, 이걸로 어쩌려고?"

"이걸 들고 수레를 밀어. 아마 멀리서 보면 수레를 미는 키큰 아저씨로 보일걸."

"그, 그러면 넌?"

"난 수레에 들어가 숨으면 되지."

소녀는 수레에 쏙 들어가 앉았어요. 마치 마트 카트에 탄 아기처럼. 과연 될까 싶었는데, 낑낑대며 수레를 밀고 광산 입구로 가는 동안 도시락을 먹고 있는 아저씨는 우리에게 별다른 관심을 주지 않았습니다. 오히려 우리를 향해 말했지요.

"어이. 식사는 하셨소? 쉬엄쉬엄 하라고."

무사히 광산 안으로 들어온 우리는 바닥에 놓인 플래시를 하나 집어 들고 광산 안으로 걸어 들어갔어요. 광산 중간중

간에 램프가 켜 있었지만, 그래도 광산 안은 무척이나 어둑
했어요. 게다가 퀴퀴한 냄새 때문에 숨이 막히는 듯했지요.

"이게 아닐까?"

앞서 걷던 소녀는 광석이 가득 담긴 수레 앞에서 걸음을
멈추었어요. 얼핏 봐서는 그냥 돌덩이 같았지요. 그래도 혹
시나 하는 마음에 돌덩이에 손을 대 보았어요. 하지만 역시
나 아무 일도 일어나지 않았답니다.

"계속 가 보자. 분명 푸른 광석이 있을 거야."

우리는 계속 걸어 나갔어요. 그리고 보이는 광석마다 손을 대 보았지요. 결과는 마찬가지였고, 난 점점 불안한 마음이 들기 시작했답니다. 그럴 때마다 소녀는 내게 힘을 북돋우며 말했어요.

"실망하긴 일러. 굳게 믿으면 반드시 원하는 걸 이룰 수 있을 거야."

그리고 어느덧 광산의 끝에 다다랐어요. 광산의 끝은 돌과 흙으로 가로막혀 있었어요. 이제 정말 끝인 듯했지요. 힘없이 돌아서려는데, 소녀가 삽을 들고 돌을 깨고 흙을 파기 시작했어요.

"소용없는 일이야."
"원래 정상에 다다르기 전이 가장 힘든 법이야. 할 수 있는 한 최선을 다해야지."
"하지만, 그런 마법 같은 일이 일어날 리 없잖아."

"민준아. 너 자신을 믿어. 네가 이 세계에 온 일도 마법 같은 일이잖아."

"하, 하지만."

"무엇보다 넌 최고의 마법사라며. 넌 할 수 있어."

"아, 알았어."

힘을 얻은 나도 소녀와 함께 무거운 곡괭이를 들고 단단한 돌에 내리쳤지요. 그런데 그때였어요. 깨진 돌 틈으로 푸른 빛이 새어 나오기 시작했어요.

"푸, 푸른 광석이다. 푸른 광석은 정말 있었어."

확신이 생기자 더욱 힘이 났어요. 들기도 힘들 정도인 삽과 곡괭이를 더욱 세게 내리쳤지요. 드디어 푸른 광석이 모습을 드러내려는 그때, 등 뒤에서 괴이한 소리가 들렸어요.

"서, 설마. 몬스터가 나타난 건가?"

"모, 몬스터? 괴물?"

"원래 이런 상황에서 악당이 등장하기 마련이지."

"그럼 어떡해?"

막다른 길이라 다른 곳으로 도망칠 곳은 없었어요. 맞서 싸우는 수 밖에 없었지만, 마법이 통하지 않는 마당에 승산은 없어 보였지요. 빛과 함께 커다란 그림자가 점점 더 가까이 다가왔어요.

"어쩔 수 없어. 마지막까지 해 보자."

소녀는 다시 삽을 들었어요. 나도 함께 곡괭이를 들고 돌을 내리쳤어요. 남은 힘을 다해 돌을 깨고 있을 때, 환한 빛이 우리의 등 뒤를 환하게 비추었어요.

"너희들. 여기서 뭐하고 있는 거니?"

다름 아닌 삼촌이었어요. 사무실에 돌아온 삼촌이 없어진 옷을 찾다가 도시락을 먹던 아저씨와 만났던 모양이에요.

"푸른 광석을 찾고 있었어요. 이제 거의 다 캤는데."

그렇게 말하고 돌아보는데, 돌 틈에서 나던 푸른빛은 어느새 사라지고 없었어요.

"이럴 리가 없는데."

"참나. 도대체 여기가 무슨 보물 창고라도 되는 줄 아니? 여긴 너희 같은 아이들이 노는 곳이 아니야. 자칫 잘못하면 목숨도 위험할 수 있다고."

삼촌은 나무라듯 말했어요. 하지만 소녀는 쉽게 물러나지 않았어요.

"대신 텅스텐을 주시면 안 돼요? 작은 조각이라도요."

"대체 텅스텐이 왜 필요한데?"

"민준이가 집에 돌아가려면 푸른 광석이 필요해요. 여기서 나는 텅스텐이 푸른 광석인 게 틀림없다고요."

"텅스텐이 무슨 마법의 돌이라도 된다고 생각하는 모양이구나."

삼촌은 어이가 없는지 헛웃음을 지었어요. 하지만 우리 둘은 아랑곳하지 않고 동시에 고개를 끄덕였어요.

"참나. 자꾸 장난치면 삼촌 화낸다."

삼촌의 호통이 광산 가득 울렸어요. 그 소리는 마치 드래곤이 울부짖는 것 같았지요. 푸른 광석을 지키는 수호신이 소녀의 삼촌인 셈이었어요. 빈손인 채, 쫓겨나다시피 광산을 나온 우리는 왔던 길을 터벅터벅 걸었어요.

"생각해 봤는데 푸른 광석은 이곳이 아닌 다른 곳에 있을지도 몰라."
"정말 그럴까?"
"최선을 다했는데도 얻지 못했잖아. 그렇다면 여긴 아닌 거야."
"나도 그렇게 생각해. 그래도 최선을 다했다고 생각하니 후회는 안 된다."
"우리 교회에 들러서 기도할까? 간절히 기도하면 소원이 이루어질지도 모르잖아."
"이 근처에 교회가 있어?"

"응. 저기."

소녀가 손가락으로 가리킨 곳을 따라가 보니, 저 멀리 뾰족한 침탑과 함께 십자가가 보였어요. 교회는 어릴 적 할머니를 따라 몇 번 가 본 게 전부였지만, 이 순간만큼은 간절히 기도하고 싶었습니다.

"좋아. 가 보자."

빨간 벽돌로 지어진 예배당에는 창들이 여럿 나 있었습니다. 그리고 예배당의 문은 마치 우리가 찾아올 것을 알고 있었다는 듯이 활짝 열려 있었어요. 우리는 텅 빈 예배당의 맨 끝자리에 나란히 앉아 두 손을 모으고 눈을 감았어요. 그리고 저마다의 소원을 빌었어요. 한동안의 정적이 끝나고 우리는 서로를 마주 보았지요.

"어떤 소원을 빌었니?"
"응. 푸른 광석을 찾아 집에 돌아가게 해 달라고. 그리고 우리 함께 우주선을 타고 우주여행을 떠나게 해 달라고."

"나랑 똑같은 소원을 빌었구나."

"오호. *찌찌뽕*."

"그런데 우리 소원이 정말 이뤄질까?"

"응. 꼭 이뤄질 거야. 두고 봐."

정말 그 소원들이 이뤄질지 아닐지는 모르지만, 그래도 간
절히 기도하고 나니 한결 마음이 홀가분해졌어요. 가벼운 마
음으로 예배당 문을 나서려는데, 무언가가 시선을 강하게 사
로잡았습니다. 예배당의 스테인드글라스로 쏟아져 들어오

는 햇빛 아래에 반짝이는 돌멩이 하나. 그것은 바로 텅스텐 원석이었어요. 그런데 그 원석은 다른 텅스텐 원석과는 달랐어요. 아기 손바닥만 한 작은 원석 한가운데에, 종유석처럼 수정 한 줄기가 자라나 있는 거예요. 그 수정은 손가락 세 마디 정도 길이었는데, 마치 마법 상자를 열어 주는 열쇠처럼 보였어요.

"저, 저거. 설마 푸른 광석?"

"드디어 찾았구나. 축하해."

"정말 푸른 광석이 맞을까?"

"왜? 못 믿겠어?"

"그, 그게 아니라."

직감적으로 그것이 푸른 광석이 분명하다는 확신이 들었어요. 그래서 선뜻 원석에 손을 가져다 댈 수가 없었어요. 이대로 집에 돌아가면 소녀와 영원히 작별할지도 모른다는 생각이 들었기 때문이에요. 갑자기 마음이 복잡해졌어요. 그런 속마음을 알아차렸는지 소녀는 어깨를 토닥이며 말했어요.

"뭘 망설여?"

"하, 하지만 이대로 가면."

"영원히 여기서 살 수 없잖아. 집에서 많이 기다리실 텐데. 무엇보다 네 꿈을 이루려면 네 세상으로 돌아가야지."

"하, 하지만."

갑작스러운 작별이라니, 선뜻 받아들여지지 않았어요. 소녀와 조금이라도 더 이야기를 나누다 가면 어떨까 망설여졌지요. 아직 할 이야기가 많이 남아 있으니까요. 그때였어요. 문 밖에서 누군가의 인기척이 들렸어요.

"서둘러야 해. 지금이 푸른 광석을 손에 넣을 마지막 기회일지도 모르잖아. 그리고 우린 꼭 다시 만나게 될 거야."

"정말 그럴까?"

"응. 그때 꼭 내가 만든 이야기 들려줄게."

"나, 나도. 게임에서 우승하는 멋진 모습 보여 줄게. 그리고 함께 우주여행도 가야지."

"응. 우리 다시 약속할까?"

소녀는 다시 새끼손가락을 내밀었어요. 새끼손가락 꼭꼭 걸고 엄지손가락으로 도장을 찍고, 이번에는 손바닥 복사에 검지손가락으로 사인까지 했어요. 그리고 나서 원석에 손을 가져다 댔어요. 동시에 시공간을 이동하는 아이템을 만들어 달라고 주문을 외웠지요. 그런데 아무 일도 일어나지 않았어요.

"이것도 푸른 광석이 아닌가 봐. 아니면 푸른 광석은 애초에 없는 걸지도 몰라."

"아니야. 믿어. 반드시 이뤄질 거야. 상상하면 이뤄지는 거잖아."

소녀는 내게 희망을 북돋으며 말했어요. 소녀의 말을 믿고 광석에 손을 댄 채 간절히 기도했지요. 그런데 그때였어요. 갑자기 온 세상이 흐릿하게 변했어요. 교회당도 소녀도 마치 텔레비전 화면이 지지직거리며 흔들리더니 이내 사라져 버린 거예요.

9

게임과 공존하는 법

이상했어요. 정신을 차리고 보니 난 김민준으로 돌아와 있었고, 할머니는 할머니가 되어 침대에 신음소리를 내며 잠들어 있었어요. 그리고 엄마가 화난 표정으로 서 있었어요.

"세상에나. 할머니를 저렇게 주무시게 하고 넌 밤새 게임만 한 거니?"

"엄마? 정말 엄마예요?"

"정신 차려. 하루종일 게임만 하니까 현실이랑 구별이 안되지?"

"그게 아니라."

벽에 걸린 시계를 보니, 아침이 다 되어 있었어요. 마땅히 댈 변명은 없는 듯했지요.

"당분간 게임 할 생각은 꿈도 꾸지 마. 이건 압수다."

엄마의 손에는 VR 머신이 손에 들려 있었어요. 코드까지 뽑힌 채로. 그러니까 다시 할머니와 나의 영혼 체인지가 되고 현실로 돌아온 건, 엄마가 VR 머신의 전원을 꺼 버렸기 때문인 듯했어요. 난 안도의 한숨을 내쉬면서도 또 한편으로는 아쉬운 마음도 들었어요.

"아니 할머니가 왜 이렇게 열이 많이 나는 거지? 어머니! 어머니 눈 좀 떠 보세요."

"익스큐즈 미, 누구시더라?"

할머니가 할머니 모습으로 다시 돌아온 것이 분명했어요.

"어머니! 아무래도 안 되겠어요. 119 불러 병원으로 가셔
야겠어요. 열이 많이 나요."
"여기는 어딘가요?"
"민준아! 어서 아빠 좀 모시고 와. 할머니 병원으로 모셔가
게…."
"네."

그사이 할머니의 병세는 생각보다 더 심각한 듯 보였어요.
할머니는 입원하셨고. 엄마와 아빠도 모두 병원에 머무느라
늦게까지 집에 돌아오지 않는 경우가 많았어요. 그러나 나는
게임 속 세상에서 쉽게 벗어날 수가 없었지요.

'소녀와 함께한 기억들이 모두 게임에 불과했던 것일까?'

난 게임에 접속하지 못한 시간이 계속되면서 소녀에 대한 궁금증도 커졌어요. 잘 지내고는 있는지, 60년 후인 지금은 어떤 모습으로 살고 있는지.

며칠 뒤, 엄마와 아빠는 병원에서 걸려 온 전화를 받고 급히 집을 나섰어요. 집이 비자 나는 얼른 안방으로 들어가 선반 서랍에 있던 VR 머신을 챙겨 나왔어요. 소녀를 다시 만날 기대에 부풀어 게임에 접속했지요. 그런데 로딩이 끝나고, 눈 앞에 펼쳐진 세상은 소녀가 있던 그곳이 아니었어요. 그 어디에도 소녀의 모습을 볼 수 없었고, 무시무시한 몬스터들만 우글거릴 뿐이었어요.

"야. 김민준. 접속했구나. 그럼 그렇지. 게임광 김민준이 게임을 끊을 리 없지. 내가 그쪽 서버로 갈게."

먼저 게임에 접속해 있던 친구들이 쪽지를 보내왔어요. 그리고 곧 내 앞에 나타났지요.

"자, 오랜만에 달려 볼까?"

친구들과 오랜만에 사냥을 나섰어요. 직업이 검사인 친구들이 앞장서 머리가 셋이 달린 드래곤을 상대하는 동안, 궁수인 친구는 원거리에서 공격을 퍼부었지요. 나는 후방에서 상처를 입은 친구들을 치료하고 강한 마법으로 드래곤의 다리를 묶었어요. 덕분에 드래곤의 머리가 하나둘 잘려 나갔고, 마침내 드래곤을 쓰러뜨렸답니다.

"역시 민준이가 오니까 게임이 훨 수월하네."
"맞아. 민준이는 최고의 마법사야."

친구들은 드래곤이 쓰러진 자리에 생긴 골드와 경험치를 챙기며 엄지손가락을 치켜세워 주었어요. 평소 같으면 어깨가 으쓱해져서 잘난 척을 했겠지만, 이상하게도 별다른 감흥이 느껴지지 않았어요.

"나 이만 갈게."
"벌써? 이제 시작인데."

"몸이 안 좋아서. 즐겜들 해."

친구들의 아우성에도 불구하고 게임에서 나왔어요. 그리고 잠시 후 친구들 몰래 다시 게임을 접속해 보았지만, 여전히 소녀가 있는 그 세상에 다다를 수 없었지요.

'정말 이제 끝인가? 꼭 다시 만날 거라며.'

소녀가 했던 말을 떠올리며 괜스레 소녀를 원망해 보았어요. 그때 책꽂이에 꽂혀 있는 책이 하나 눈에 띄었지요. 마테를링크의 <파랑새>, 문득 파랑새 이야기를 했을 때 소녀가 웃었던 이유가 궁금해졌습니다. 책을 펼치고 하나둘 책장을 넘겼지요. 책만 보면 졸음이 밀려오곤 했는데, 궁금증 때문인지 책에 집중할 수 있었어요. 알고 보니 틸틸과 미틸은 남매 사이였어요. 크리스마스 이브, 이웃집 할머니가 아픈 딸을 위해 희망의 상징인 파랑새를 찾아 달라며 부탁을 했어요. 남매는 파랑새를 찾기 위해 여러 나라로 여행을 떠났지만, 결국에는 빈손으로 돌아올 수밖에 없었답니다. 그런데 뜻밖에도 파랑새는 남매의 집에 있었어요. 남매가 키우던 새가 바로 파랑새였던 거예요. 책을 다 읽고 나니 부끄러워 얼굴이 빨갛게 상기되었어요. 소녀는 속으로 얼마나 웃었을까. 다시 만난다 해도 얼굴을 제대로 들지 못할 거 같았어요. 그런데 그때, 갑자기 휴대폰이 울렸어요. 다름 아닌 엄마였지요. 혹시라도 게임한 걸 들킨 건 아닐까 마음 졸이며 전화를 받았어요.

"엄마 지금 가고 있으니까, 나갈 채비하고 있어."
"왜요?"
"그건 가서 말해 줄게."

VR 머신을 원래 있던 곳에 가져다 놓고 옷을 챙겨 입었어요. 잠시 후, 엄마가 집으로 돌아왔어요. 어쩐 일인지 엄마의 눈가에는 눈물 자국이 가득했어요.

"어서 가자."
"대체 어디로 가는데요?"
"할머니가 많이 아프셔."
"할머니는 원래 아팠잖아요."

엄마는 더는 말을 해 주지 않았어요. 차는 할머니가 계신 병원 주차장에 멈췄어요. 병실로 가는 엘리베이터의 버튼을 누르려는데, 엄마가 손을 잡아끌었어요.

"그쪽이 아니야."

엄마의 손에 이끌려 간 곳은 병실이 아니라 장례식장이었어요. 아직 한산한 식장에서 할머니는 환하게 웃으며 꽃들에 둘러싸여 있었어요. 할머니의 사진을 보는 순간, 왈칵 눈물이 쏟아졌어요.

"하, 할머니. 할머니!"

그동안의 일들이 주마등처럼 스치고 지나갔어요. 우리 손자 왔느냐며 챙겨 놓은 사탕을 손에 쥐어 주던 기억, 손수 만든 잡채와 불고기를 내 앞에 놓아 주고 많이 먹으라며 머리를 쓰다듬어 줬던 기억, 꽃무늬가 들어간 티를 사 왔다가 내가 싫다고 발버둥 치는 바람에 다시 환불해야 했던 기억까지. 어느새 싫었던 기억은 모두 사라지고 좋은 기억들만 머릿속을 채웠어요. 싫었던 기억이 있던 자리에는 할머니에 대한 미안함들이 남았지요.

'혹시 할머니가 내 몸이 되어 밤새 게임을 하면서 무리를 해서 돌아가신 것은 아닌가?'
'할머니의 사랑은 끝내 평생을 갈 그런 게임 속 추억까지 남기신 건가? 아… 이럴 줄 알았으면 좀 더 잘해 드릴걸.'

모든 것이 후회되었지만 이미 늦은 뒤였어요. 쏟아져 나오는 눈물을 주체하지 못하고 정말 슬퍼서 펑펑 울었어요. 할머니에게 죄인이라도 된 듯, 눈물이 왈칵왈칵 쏟아져서 참을 수가 없더라고요. 그렇게 한참을 울고야 할머니의 영정 사진 밑에 쓰여 있는 이름을 보았어요.

"고은희."

여태 할머니의 이름조차 자세히 알지 못하고 있었어요. 항상 할머니라고만 불렸지 그 이름을 불러 본 적도 적어 본 적도 없었던 거예요.

'고마워 익스큐즈 미 할머니! 나에게 와서 머물러 줬던 것. 모든 것에도 불구하고 역시 우린 사랑하길 잘한 것 같아. 할머니!!!'

나는 다시 할머니와 내가 빙의된 채로 지낸 시간을 떠올렸어요. 그리고 그 게임이 어떤 임무였는지 깨달았지요. 그 임무는 결국 모든 일을 내 기준으로 생각하거나 판단하지 말고 타인을 이해하는, 그러니까 엄마나 할머니 입장에서 고민하도록 돕는 논리력과 사고력을 높이고 상상력과 창의력, 그리고 판단력을 키워 준 임무였어요.

'그래 그거였어. 역지사지!'

한동안 할머니 방은 주인을 잃은 채 그대로 남아 있었어요. 엄마가 방을 정리하면 영영 할머니를 떠나보내는 것 같다고 생각했기 때문이었지요. 하지만 언제까지 할머니 방을 그대로 둘 수는 없는 노릇이었어요. 어느 토요일 아침, 마침내 결심을 한 엄마는 할머니 방을 옷방으로 쓰기로 하고, 유품들을 정리했어요. 버릴 게 대부분이었고, 남은 것이라고는 사진 몇 장과 책들 뿐이었지요.

"민준아 이 사진 좀 봐라…. 할머니가 엄청 아끼던 사진인데… 정말 이쁘다. 어릴 때 할머니야. 할머니가 너만 했을 때의 얼굴이구나."

"할머니도 나만 할 때가 있었을까요? 아니고 농담이에요. 농담! 어디 봐요."

사진을 바라보던 나는 너무나 깜짝 놀랐어요.

"아니 이 소녀는…."

"할머니가 맨날 품속에 간직했던 사진이라 너도 본 적 있지?"

"이 낡은 사진 속에 있는 소녀가 할머니라는 거죠? 사실 지난번에도 그 사진을 보여 달라고 했지만 할머니가 감추시더라고요. 이 소녀는…."

난 그 소녀를 비밀의 컴 하우스에서 만났고, 그리고 내 첫사랑의 소녀라고 말하고 싶었지만 입술을 꾹 다물었어요.

"제가 이 사진 가져도 되죠?"

"그럼…."

나는 엄마의 일손을 거들겠다면서 자꾸만 할머니와 어린 할머니 소녀가 생각나 눈물이 났어요. 도무지 눈물을 참을 수가 없었지요.

"왜? 할머니 생각이 나서 그러니? 자꾸 우는 걸 보니…."

"…."

나는 얼른 낡은 책 몇 권을 집어 들었어요.

"이건 제가 가져다 버릴게요."

"그래. 재활용으로 버리는 거 알지?"

"네."

책더미를 들고 현관을 나서려는데, 맨 위에 놓인 책의 표지에 낯익은 이름이 눈에 띄었어요. 다름 아닌 할머니의 이름이 적혀 있었지요. 화들짝 놀라서 다시 엄마에게 달려갔어요.

"어머나. 이게 있었지. 이건 버리면 안 되는데. 큰일 날뻔
했네."

"대체 이거 뭔데요?"

"뭐긴? 네 할머니가 쓴 책이지."

"할머니가 책을 썼다고요?"

"할머니는 교사 생활을 하면서 틈틈이 책도 쓰셨어. 너 어
릴 적에 할머니가 몇 번 읽어 준 적도 있었는데. 너무 어릴
때라 기억이 안 나는 모양이구나."

"할머니가 작가였다니 신기해요. 이건 제가 가지고 있어야겠어요."

"그래. 좋은 생각이다."

방으로 돌아와 할머니가 썼다는 책을 펼쳐 보았어요. 책속에서 소년과 소녀는 텅스텐으로 만든 우주선을 타고 머나먼 행성으로 여행을 떠났어요. 그리고 소년과 소녀가 향한 곳은 푸른빛이 도는 행성이었지요.

'그, 그랬던 거구나.'

할머니, 아니 소녀의 말이 결국 맞았어요. 그리고 그제야 파랑새의 의미도 깨닫게 되었지요.

하늘이 꼭 바다 같이 보였어요. 돌을 던지면 쨍하고 깨질 것처럼 파랗고 깨끗한 하늘 아래, 나와 소녀가 서 있었지요. 지금도 소녀와의 기억이 여전히 진짜인지, 아니면 게임 속 환상에 불과했는지는 알 수 없어요. 하지만 그리움만은 진짜였습니다. 그리움을 달래는 방법은 역시 게임만 한 게 없었지요.

 "얘들아. 놀자."

 친구들이 있는 단톡방에 글을 남겼어요. 곧이어 답글들이 올라왔어요.

 "좋지. 어느 서버야?"

 배소율과 정민이가 답글을 보내 왔어요.

 "얼른 좌표 불러."

 배소율이 재촉하듯 말했어요. 그러나 모일 장소는 친구들이 생각한 그런 곳이 아니었어요. 잠시 후, 아파트 단지 앞 공원에 정민이도 왔고, 배소율도 있었어요. 저마다 손에는 휴대용 게임기와 스마트폰이 들려 있었지요.

 "김민준, 여기서 무슨 게임을 해?"

정민이가 앞장서서 말했어요.

"게임이 어디 컴퓨터 게임뿐이니? 이것도 있어. 내가 다 준비했으니 어서 시작하자."

난 친구들 손에 각각 나무 막대기를 쥐어 주고, 솔방울도 준비해 두었어요. 그리고 시범을 보이며 말했지요.

"이게 바로 장치기라는 거야."

어리둥절한 표정의 아이들도 이내 흥미가 생긴 듯 놀이에 빠져들었어요. 난 이미 게임과 공존하는 법을 배우고 있었던 거예요.

신나게 놀다 보니 어느덧 해가 저물어 갔어요. 붉게 변한 하늘은 소녀와 함께 뛰놀던 그곳과 많이 닮아 있었습니다.

"괜찮아! 다 잘될 거야."

이 도서는 2024년 문화체육관광부의 '중소출판사 성장부분 제작 지원' 사업의 지원을 받아 제작되었습니다.

나의 익스큐즈 미 할머니

초판 1쇄 인쇄
2025년 1월 17일
초판 1쇄 발행
2025년 1월 31일

글
주경희
그림
이진

펴낸이
백영희

펴낸곳
너와숲ENM

주소
인천시 연수구 송도국제대로
261 212-3603

전화
070-4458-3230

등록
제2025-000000호

ISBN
979-11-93546-40-6(73810)

정가
15,000원

©주경희

이 책을 만든 사람들

편집
이미영
마케팅
유빈

제작처
예림인쇄

디자인
글자와기록사이